New York Pop City

© 2019 Kimmo Nurmi
Taitto: Books on Demand
Kustantaja: BoD – Books on Demand, Helsinki, Suomi
Valmistaja: BoD – Books on Demand, Norderstedt, Saksa
ISBN: 978-952-80-7691-9

New York Pop City

INTRO

Daytonan renkaat painautuvat tien pintaan Lakeland Avenuella. Vauhti kiihtyy ja setelit lentävät pitkin tuulilasia. Satakuusikymmentäkaksi mailia tunnissa. Katson takapeilistä, kun miljoona dollaria sataa Long Islandin taivaalta ja salkku iskeytyy maahan. Rumpusoolo alkaa ja Manhattanilla nousee aurinko. Hetkinen! Nyt kelataan VHS-kasettia takaisin ja nopeasti...

Istun 11th Street Barin kulmapöydässä. Eteeni tuodaan New Amsterdam -olut, joka tarjoillaan jäänhuuruisessa lasituopissa. Kello on 17.32. Ravintolassa on lisäkseni yksi asiakas, joka istuu baaritiskillä ja tutustuu ilmeisesti päivän lehteen. Mies on pukeutunut vaaleisiin farkkuihin, ruskeaan mokkanahkatakkiin ja buutseihin. Kaiuttimista soi vaimeasti Tom Pettyn Louisiana Rain, jonka kitarasävel sopii seesteiseen hetkeen mainiosti.

"Oletko lukenut uusimman otsikon? Nyt jo kaupunginjohtajakin on huolissaan 11:sta kadun lapsista. Kaupunkiin on julistettu hätätila.", mies baaritiskillä huutaa.
"Anteeksi mitä? Odotan ystävää.", vastaan.
Mies baaritiskillä: "Ei mitään."

Mies huitaisee kädellään halveksivasti ilmaa ja kääntää päänsä takaisin lehteen. Ulko-ovi aukeaa. Nainen mustassa jakkupuvussa kävelee pöytäni eteen. Nousen pystyyn ja kättelen.

Minä: "Te taidatte olla vuokranantaja."
Nainen: "Hei, cowboy! Mukava tavata. Nimeni on Nikita ja olen vuokranantajasi. Tervetuloa New Yorkiin."
Minä: "Kiitos. Mukava tavata, Nikita."
Nikita: "Kauanko aiotte olla täällä?"
Minä: "Yhden yön tai kaksi vuotta. En tiedä."

Nikita: "Olen kirjoittanut yhden kirjan. Kokemuksen perusteella suosittelen ajoittaista etäisyyden ottamista siihen. "

Minä: "En mielestäni puhunut kirjan kirjoittamisesta. Tulin vain katsastamaan miten tuppukylässä voidaan. Voimme kyllä sopia tällä puheella, että kirjoitan muutaman sanan kokemuksistani."

Nikita: "Olette loistavaan aikaan kaupungissa. Elämme mielenkiintoisia aikoja. Tuli on hyvä renki, mutta huono isäntä. Tässä avaimet. Huoneenne numero on 23. Se sijaitsee tämän rakennuksen kolmannessa kerroksessa. Portaat ovat ulkopuolella."

Minä: "Taidatte olla metaforien ystävä. Anna avaimet."

Nikita: "Tässä ole hyvä. Haluatteko, että käyn ajoittain huoneessa katsomassa kaiken olevan kunnossa?"

Minä: "Se voisi olla hyvä, mutta joudun uppoutumaan tunnelmaan ilman häiriötekijöitä."

Nikita: "Se on teidän valintanne, jota minun on kunnioitettava. Muistakaa pyytää apua, jos sellaista tarvitsette. Kirjoituspöydän lankapuhelimen vieressä on toimistoni numero, johon voitte soittaa halutessanne. Vien kuitenkin salkkunne etukäteen huoneeseenne."

Nikita nostaa salkun ja kääntyy vielä ovella minuun päin.

Nikita: "Melko painava salkku."
Minä: "Raha painaa."

Nikita karkaa salkkuni kanssa ulos ovesta. Nautiskelen kahvini loppuun ja nousen portaat ylös kahvilan edestä, kävelen kolmannen kerroksen pitkän käytävän päätyyn ja avaan huoneen 23 oven. Katosta roikkuu ikääntynyt valaisin, joka valaisee himmeästi koko tilan. Huoneen perällä on sänky ja putkitelevisio. Valkoiset betoniseinät ovat kellastuneet. Seinillä on muutamia mustavalkoisia abstrakteja tauluja, joista erottuu ihmis- ja eläinhahmoja. Pienistä ikkunoista on näkymä vastapäiseen vietnamilaiseen ravintolaan. Katuvalot syttyvät. Lankapuhelin soi. Nostan luurin ylös.

Nikita: "Anteeksi vielä häiriö. Haluatko kuunnella musiikkia kanssani?"

Minä: "Kyllä. Aiotko palauttaa salkkuni?"

Nikita: "En palauta sitä. Mitä teet tänään illalla?"

Minä: "Minulla ei ole siitä pienintäkään käsitystä. Hyvää yötä, Nikita!"

Lyön luurin kiinni ja irrotan johdon seinästä. Istun kirjoituskoneen äärelle. Katson tyhjää paperia. Lähden iltakävelylle New York Pop Cityyn.

NEW YORK POP CITY

Kävelen Lower Manhattanilta St Jackson Streetiä koilliseen ja kuuntelen Alphavillen Big in Japania korvalappustereoista. Nautin päähäni tunkeutuvasta ajatusvirrasta, vastaantulevien ihmisten katseista ja spektrin jokaista aallonpituutta sykkivistä kaupungin valoista. Käännyn luoteeseen johtavalle pimeälle sivukujalle ja nojaan hetkeksi metalliseen tolppaan, joka syöksee sähkönsinisen valokeilan kasvoilleni ja luo varjon takakivetykselle. Ruostumattoman teräksen koleus syyskuisessa New Yorkissa tunkeutuu lapaluiden väliin valkoisen Levi's farmaritakin läpi. Vieressäni on ränsistynyt puhelinkoppi, jonka ikkunat ovat rikkoutuneet. Vanhan puhelinyhtiön metallinen Verizon-kyltti on kääntynyt kallelleen. Vaimea tuuli heiluttaa johdon jatkeena roikkuvaa luuria.

Kaivan rintataskusta pehmeän Colt-askin ja löydän etusormella viimeisen savukkeen, jonka sytytän tulitikuilla. Rypistän askin kasaan ja heitän sen kivetykselle, josta se pyörähtää ruosteiseen viemärikaivoon. Vedän ensimmäisen henkäyksen, ja tyhjennän keuhkot kohti tähtitaivasta samalla, kun viimeiset syntetisaattorisoinnut työntyvät kuulokkeista tajuntaani. Seuraan savupilven kiemurtelua sähkönsinisessä valokeilassa, kunnes taiko-rummun pamaus päättää Sony Walkmanin C-kasetin A-puolen, ja savupilvi haihtuu ajasta ikuisuuteen. Otan korvalaput pois, käännän katseen ylös. Aistipatteristoni täyttyy vaimeasta tuulen huminasta sekä ylhäällä hohtavasta taivaasta, jonne heijastuu kaupungin valot ja mielettömyys.

Maailman suurimmassa diskopallossa eli New Yorkissa on mahdollista ajautua hiljaisuuden kuplaan. Taivaalta sataa lentolehtisiä, mutta en anna niiden häiritä minua. Tässä hetkessä ei ole muuta kiehtovaa kuin todellisuus.

Luon katseen kujan päässä sijaitsevan Mars barin terassille ja ihailen näkymää koko kauneudessaan. Terassin yläpuolella oleva valomainos on hajalla. Vihreänä vilkkuvista kirjaimista ainoastaan osa erottuu polttimoiden syttyessä satunnaisella frekvenssillä. Ajoittain ne jäävät palamaan jopa minuutiksi, kunnes sammuvat kokonaan syttyäkseen taas uudelleen. Mitä kauemmin katson, sitä vakuuttuneemmaksi tulen tosiasiasta, jota en olisi voinut villeimmissä fantasioissanikaan ajatella näkeväni: Mars Barin terassilla istuu Nick Story Forrest katse naulittuna vastapäiseen seinään. Hetkittäin hän ottaa lasista ison siemauksen ja laskee ilmekään värähtämättä juoman takaisin pöydälle. Sen ajan, jolloin hän ei juo paukkua, pitkä ja jäntevärakenteinen mies pyörittää kylmänrauhallisesti lusikkaa gin tonic -lasissaan, ja katsoo ylevästi silmälasiensa läpi tyhjyyteen. Hänen kalpeat kasvonsa tulevat esiin välähdyksenomaisesti baarin valomainoksen alla, ja häviävät aina hiljalleen polttimoiden sammuessa. On absurdia ajatella, että Nick Story Forrest ei olisi rekisteröinyt jokaista liikettäni. Olemme kadunpätkällä, johon päivätöitä tekevät eivät eksy.

Voisin jäädä tähän hetkeen käymään keskustelua itseni kanssa siitä, kannattaako minun juosta asunnolleni vai suosiolla mennä tervehtimään Nickiä. Sytytän uuden savukkeen, jotta saan miettimisaikaa. Yritän sauhujen puhaltelulla viestiä vilpillisen välinpitämätöntä suhtautumistani tilanteeseen, jossa olemme huomanneet toisemme. Nick Story Forrest nauttii selvästikin tilanteesta ja odottaa lasittunein katsein seuraavaa siirtoani. Mikäli sammutan tämän savukkeen ja jatkan nopeasti pois tältä kadunpätkältä takaisin ihmisten ilmoille, Nick vähintään naurahtaa mielessään pelkuruudelleni. Toisaalta hän saattaa estää minua kovaäänisellä huudolla ja mahdollisesti jopa väkivalloin, mikäli yritän paeta tilanteesta. Jos kuitenkin kävisi niin onnekkaasti, että sattuisin onnistua kävelemään pois takaisin asunnolleni, minulta jäisi kokematta kohtaaminen Nick Story Forrestin kanssa. Minulla on ainoastaan yksi vaihtoehto. Oletan, että saatan selvitä ilman suurempia ongelmia kohta alkavasta tapaamisesta siitä syystä, että olisin todennäköisesti päätynyt jo aikoja sitten kasvamaan horsmaa Long Islandille, mikäli Nick Story Forrest olisi näin halunnut.

Story edustaa vanhaa koulukuntaa. Todistin aikoinaan tällä kadunpätkällä omin silmin väkivaltaista selkkausta, jossa Howard Stock Companyn huippuasianajaja Nick Story Forrest kuristi maata vasten kahta epäonnista nuorta miestä kymmeniä sekunteja istuen toisen rintakehän päällä. Sen jälkeen hän nosti mainosalan nousukkaat poninhännistä ylös ja työnsi molempien kasvot puhelinkioskin ovea vasten. Story käski katupölyssä vastoin tahtoaan kieriskelleet miehet tilaamaan itselleen ambulanssin puhelinkioskista. He noudattivat käskyä, ja toinen heistä selvensi hetken kuluttua ääni väristen tilannetta hätäkeskukselle. Päivystäjä ehdotti sopimusta, jonka mukaan huonosti käyttäytyneet nuorukaiset antaisivat riekaleisten villaneuleidensa taskuista lompakkonsa Nick Story Forrestille ilman, että poliisin tai ambulanssin tarvitsisi vierailla tapahtumapaikalla. Story suostui tähän ja kertoi, että oli pahoittanut mielensä, koska suurisuiset miehet olivat tilanneet Mars barissa kahvia. Paikassa, jossa myydään alkoholin lisäksi ainoastaan savukkeita.

Tänään Story on vuorannut jäntevän vartalonsa ihonmyötäiseen mustaan pukuun, mintunvihreään kravattiin ja ruskeisiin buutseihin. Jalkineiden eteenpäin kapenevasta kärjestä päätellen hänellä on jalassaan Tony Mora -merkkiset buutsit. Kasvot ovat kapeat ja kylmänsinisten silmien takana vaeltavasta ajatuksenjuoksusta on vaikeaa – ellei mahdotonta – saada minkäänlaista käsitystä. Otan ensimmäiset askeleeni kohti Mars barin terassia. Hengitys kiihtyy, ja askeleet muuttuvat joka hetki raskaammiksi. Nick Story Forrest kääntää katseensa minuun. Istun viereiselle terassituolille.

Minä: "Valtava määrä hienoja graffiteja tuossa seinässä. Isoja värejä. Anarkistisia. Mitä nämä lentolehtiset ovat?"
Nick Story Forrest: "Älä sinä lentolehtisiä mieti."
Minä: "Asia selvä. Mitä sinulle kuuluu?"

11

Nick Story Forrest: "Olen tässä terassilla istunut muutaman vuoden miettimässä asioita."

Minä: "Pitkä tovi. Menisimmekö käymään tuolla sisällä? Haluan mennä Mars bariin."

Nick Story Forrest: "Cowboy. Epäilettekö, että minulla on tämän ravintolan komeimmat kengät ja järein yläpelti?"

Minä: "Tästä asiasta ei ole mitään epäilystä. Näin varmuudella on. Tilanne ei muuttuisi, vaikka tänne saapuisi kuka tahansa. "

Nick Story Forrest: "Lopeta tuo runollinen lässytys. Mitä asiaa?"

Minä: "Olen pidemmällä työmatkalla, ja tarkoitus oli palata asunnolle. Kävelin ohi, ja näin sinut. Ajattelin tulla juttelemaan ja tilata oluen."

Nick Story Forrest: "Tiedätkö. Elämä on kummallista. Vuosia sitten tällä samalla terassilla viereiselle muovituolille istui cowboy, joka pyysi tulta savukkeeseen. Hän puhalsi uloshengityksellään silmilleni katteetonta karismaa hehkuvan pilven. Tuo sama mies istuu vieressäni juuri nyt. "

Minä: "Saavuin tänään Gran Canarialta MacArthursin kentälle."

Nick Story Forrest: "Ymmärrän. Ennen kuin alamme pureutua katastrofaaliseen tilanteeseesi, haluaisin vastauksen muutamaan mieltäni askarruttaneeseen kysymykseen."

Minä: "Katastrofaaliseen tilanteeseeni? Käsittääkseni minulla ei ole mitään ongelmia."

Nick Story Forrest: "Ongelmasi alkoivat siitä, kun päätit olla jatkamatta matkaa tuosta kadunkulmasta. Sinulla ei ole pienintäkään aavistusta siitä, kuinka syvässä kuopassa olet. Saat olla lapiomies vailla vertaa, mikäli tästä nostat itsesi ylös."

Minä: "Niin vähän ennustinkin. Mitä jos juon vain tämän oluen ja poistun häiritsemästä sinua."

Nick Story Forrest: "Ei onnistu. Oletko tietoinen, että pilvi ympärilläsi perustuu ainoastaan siihen, että erikoinen mielenlaatusi luo illuusion hengellisyydestä, minkä vuoksi ihmiset ovat kiinnostuneita pelleilystäsi."

Minä: "Ymmärrän jotenkin ajatteluasi, mutta toisaalta näkemyksesi perustuu moneen eri olettamukseen sisältäen kevyen kateuden kaiun. Mitä muuta mielessä?"

Nick Story Forrest: "Kerron sinulle tarinan... "

Minä: "Olen odottanut noita sanoja."

Nick Story Forrest: "Älä keskeytä. On olemassa katu, jota me kaikki kuljemme. Oikean puolen kadusta valaisee aurinko. Vasen on varjoakin pimeämpi. Jokainen saa valita puolensa. Minä valitsin kadun pimeän puolen, kuten valitsivat ne 11:sta kadun lapset, jotka katosivat viikko sitten. Ajoittain siirryin itsekin aurinkoiselle puolelle, mutta palaan aina takaisin. Mistä se mielestäsi kertoo?"

Minä: "Lähinnä siitä, että ajattelin tämän olevan rentouttava työmatka Amerikkaan, mutta toisin näyttää käyvän. Voitko huonosti?"

Nick Story Forrest: "Kuulkaas, cowboy. Kun tarkemmin tässä ajattelen, niin sinä olet vastuussa kaupungin alemmuustilasta."

Minä: "Minä. Vastuussa mistä?"

Nick Story Forrest: "Yhdennentoista kadun lasten katoamisesta. Tulet tänne kaivelemaan vanhoja asioita."

Minä: "Mitäs täällä mahtaa tapahtua. Vakaana aikomuksenani oli tilata olut ja tervehtiä vanhaa toveria."

Nick Story Forrest: "Sinä olet syyllinen lasten katoamiseen."

Minä: "Intuitioni sanoi tuossa kadunkulmassa, että pitäisi jatkaa matkaa asunnolleni. Voisiko olla niin, ihmisen alitajunta on korkeintakin ajattelua viisaampi?"

Nick Story Forrest: "Ensinnäkin se, että sinä puhut korkeasta ajattelusta, on sama kuin yrittäisit työntää palikkalaatikossa neliöitä kolmioon. Toiseksi. Mitä pidemmälle tämä keskustelu jatkuu, sitä korkeammalle verenpaineeni nousee."

Minä: "Sinä istut täällä terassilla buutit jalassa kännipäissäsi ja leikit suurtakin lännenmiestä. Latelet ties mitä outouksia. Sietämätöntä."

Nick Story Forrest: "Tapaat tunnin päästä Bronxsissa Raymond Luckyn Lydig Avenuella. Tästä illasta tulee ikimuistoinen."

Minä: "Kuulostaa käsittämättömältä. Tiedän kokemuksesta, että Raymond Lucky on kyseenalaista seuraa enkä aio tavata häntä.

Minä nousen nyt pöydästä, ja jatkan matkaani nukkumaan. Hyvästi."

Nick Story Forrestin silmät kirkastuvat, ja suu kääntyy leveään hymyyn. Hän ottaa muovituolin alta metallisen pizzalapiota muistuttavan esineen ja nousee seisomaan. Story nostaa lapion hartioiden tasolle. Samalla hän pudottaa hieman polviaan alas ja tekee vasemmalle voimakkaan vartalonkierron.

Nick Story Forrest: "Nautinnollista matkaa!"

Pitsalapio lähestyy kasvojani. Aika tiimalasissa hidastuu ja sekunnin sadasosat muuttuvat minuuteiksi. Pam! Suurkaupungin valot sammuvat.

RAYMOND LUCKY PLAYS JAZZ

Raymond Luckyn tie yhdeksi New Yorkin vaikutusvaltaisimmista rikollisjohtajista aukesi 1947 Atlantassa sattuneen erikoisen välikohtauksen myötä. Nuori kreikkalainen satamatyöntekijä, silloiselta nimeltään Raymond Barbas, eksyi viininhuuruisella kesälomamatkallaan Showboat Star Casinolla mafiosojen korttipelipöytään, koska häntä luultiin siihen aikaan Boardwalkia hallinneen Agrigutan perheen autonkuljettajaksi yhdennäköisyytensä johdosta. Totuus pullon suusta punaviiniä juoneesta ja ylimielisesti käyttäytyneestä miehestä selvisi pian korttipelin alettua, kun kreikkalainen ei osannut sääntöjä ja kertoi olevansa lomamatkalla. Agrigutan suvun kakkosmies Tico suivaantui, otti aseen ja ampui kohti nuorukaista. Tuolin jalka rikkoutui ampujan alta, ja luoti osui paikalla soittaneen orkesterin rumpuihin haavoittamatta ketään. Humaltunut kreikkalainen iski tuolinjalalla Ticoa rintaan, ja läksytti suusanallisesti tätä asiattomasta käytöksestä tämän edelleen ollessa aseistettu. Tico oli vaikuttunut kreikkalaisen ennakkoluulottomasta toiminnasta ja nimesi miehen välittömästi Raymond Luckyksi, joka sai jäädä korttipöytään. Tapaus oli jotain ennenkuulumatonta, mikä teki vaikutuksen nopeasti koko Yhdysvaltain alamaailmaan, ja näin rikollisen uran heteka oli pedattu Luckylle.

Makaan selälläni. Avaan silmät varovasti ja nousen jaloilleni tarkastelemaan ympäristöä. Seison hämärästi valaistulla pihamaalla kukkapenkin keskellä. Valkoinen farmaritakkini on multainen ja päätä särkee. Huolitellut pihaistutukset jatkuvat kymmeniä metrejä joka suuntaan. Jalkojeni juuressa on Pop City Times. Pihamaalla komeilee musta, ilmeisesti vuoden 1983 Ferrari Daytona Spyder, joka vilkuttaa oikeaa suuntavilkkua. Edessäni on valtava, valkoinen omakotitalo, jonka ikkunoista pilkottaa mitä arvokkaamman näköisiä tauluja ja huonekaluja. Ylhäällä näkyy valoa. Nostan katseeni ja erotan kolmannen kerroksen parvekkeella noin 70-vuotiaan herrasmiehen, joka on pukeutunut tummanvihreään flanellipaitaan ja nojaa kävelykeppiin. Suusta roikkuu piippu, joka tupruttaa paksun savupilven miehen ympärille. Hän katsoo suoraan minua kohti tummilla silmillään ja on liikkumatta, kuin patsas. Vihreäruutukuvioisen viljelijänhatun alta pursottaa vaaleat poskipäille ulottuvat kiharat.

Oloni helpottuu, koska tajuan tuntevani hänet. Sen, että iltakävelylle suurkaupungin keskustaan lähteneen matkalaisen ympärillä loistavien pilvenpiirtäjien valot yhtäkkisesti sammutetaan pitsalapion voimalla ja niiden tilalle sytytetään myöhemmin vaatimaton puutarhavalaistus kaupungin toisella puolella, voisi ensituntumalta olettaa olevan harmillista. Todellisuudessa tässä ei ole pienintäkään ongelmaa. Seisoskelu Bronxsissa pihamaalla on vähintäänkin kunniakasta, ja muutenkin tulee muistaa, että mestarillisen mielen aapisen ensimmäisessä luvussa kehotetaan hyväksymään kaikki tilanteet ehdoitta ja kääntämään ne voitoksi. Tässä on iso mahdollisuus.

Raymond sohii kävelykepillään minua kohti paksun savupilven keskeltä. Heilutan käsissäni Pop City Timesia ja huudan.

Minä: "Raymond! Toin päivän lehden! Avaa ovi!"
Raymond Lucky: "Cowboy pihamaalla! Ei mitään asiaa tänne!"
Minä: "Pyydän empatiaa."
Raymond Lucky: "Sait porttikiellon viime kerralla. Muistanko oikein?"
Minä: "Muistat. Voisiko porttikielto olla rauennut?"

Raymond nostaa oikean kätensä ilmaan, jännittää hauistaan ja tuijottaa intensiivisesti.

Raymond Lucky: "Amerikkalainen käsi! Amerikkalainen käsi!"
Minä: "Ymmärrän kyllä enkä kiistä."
Raymond Lucky: "Törmäsit kuulemma Nick Story Forrestiin. En tiedä oletko tietoinen, mutta makasit tajuttomana tuossa pihamaalla

joitain kymmeniä minuutteja, ennen kuin nousit. Hän soitti minulle juuri ennen kuin työnsi sinut liikkuvasta pakettiautosta matkustajan paikalta pihamaalle. Auton etenemisvauhti näytti olevan kutakuinkin kaksikymmentä mailia tunnissa, kunnes ovi aukesi ja lensit komeassa kaaressa ja iskeydyit selällesi kukkapusikkoon. Muutaman minuutin päästä postinjakaja saapui maastopyörällä kohdallesi, heitti Pop City Timesin päällesi ja nauroi hysteerisesti. Seurasin tilanteen kehittymistä, mutta mitään mielenkiintoista ei ole enää tapahtunut. Pihalta on kuulunut ainoastaan jonkinlaista vaikerointia. Story sanoi, että sinulla on jotain ongelmia."

Minä: "Minulla ongelmia! Hänellä ne suurimmat ongelmat ovat. Erittäin epätasapainoinen henkilö. Avaa ovi!"

Raymond Lucky: "Hah! "

Minä: "Farkkutakki kaipaa putsausta ja vesi maistuisi. Pääsenkö sisään?"

Raymond Lucky: "Ei käy missään tapauksessa!"

Minä: "Porttikielto umpeutui jo vuosi sitten."

Raymond Lucky: "Eikö Alzheimer-potilas muista, että päälle tuli elinkautinen?"

Minä: "Porttikielto pelkästään siitä syystä, että voitin jatsipelin, oli joka tapauksessa kohtuuton."

Raymond Lucky: "Kuinka kauan olet ollut New Yorkissa?"

Minä: "Ehkä muutaman tunnin. Siitä ajasta tajuttomana puolisen tuntia."

Raymond Lucky: "Kutakuinkin näin. Palasitko töihin Gran Canarialla?"

Minä: "Myönnän."

Raymond Lucky: "Alistuneesta ilmeestäsi päätellen tarvitset apua. Tiedätkö, sinulle on nyt tehtävä, kun vihdoin olet palannut."

Minä: "Nick Story Forrest vihjasi 11:sta kadun lapsista. Minkälaista porukkaa he ovat?"

Raymond Lucky: "Idiootteja jos minulta kysytään. Kaikki on päin helvettiä heidän vuokseen tällä hetkellä. Siinä lehdessä se lukee, mutta et taida osata lukea. Juntti!"

Katson lehden etusivua. Vaikuttaa tosissaan siltä, että olen oikeaan aikaan kaupungissa.

Minä: "Kuulostaa käsittämättömältä. Täytynee alkaa vain hommiin. Pääsenkö ylös?"

Raymond Lucky: "Mitä saan korvaukseksi?"

Minä: "Tunnearvoltaan mittaamattoman kalliin kultaisen Casio-kellon, jota olen kantanut vuosikymmeniä. Olen valmis luopumaan tästä, jos pääsen sisään."

Raymond Lucky: "Kello tänne! Se on täyttä rautaa New Yorkin muotipiireissä."

Minä: "Ovi auki niin tuon sen"

Raymond Lucky: "Saatanan juntti! Sinulla kävi tuuri. Tervetuloa sisään ottamaan erä jatsia ja juomaan Night Trainia! Painan nyt nappia kävelykepistäni."

Minä: "Hienoa!

Samaan aikaan mustan Daytona Spyderin moottori käynnistyy autotallin edustalla. Kierrokset nousevat ajoittain korkeaksi. Auto on pimeä, eikä kuljettajaa näy sisätiloissa. Eturenkaat ulvovat ja kitkasta syntyy näyttävä savupilvi. Auto nytkähtää voimakkaaseen peruutusliikkeeseen ja pysähtyy nopeasti kuin seinään. Kierrokset nousevat jälleen äärimmilleen ja kumit ulvovat tehden savupilven. Sen jälkeen tulee hiljaista. Auto lipuu hitaasti eteenpäin ja pysähtyy. Umpioissa syttyvät kennot. Valtavat turkoosit valopatsaat suuntautuvat kohti isoa rautaportin ovea, joka aukeaa. Sisällä näkyy portaat. Menen sisälle.

Saavun marmoripöydän äären huoneeseen, jonka katosta roikkuu kristallikruunuja. Seinillä on hevosten päitä ja valtavia abstrakteja tauluja. Raymond istuu pöydän toisessa päässä ja maistelee viiniä pullon suusta. Takassa roihuaa tuli. Raymond kauhoo toisessa kourassaan viittä jatsinoppaa ja vasemmalla kädellään hän heiluttelee komboloita, mistä syntyy kolkko nakutusääni salonkihuoneeseen.

Raymond Lucky: "Istu alas. Kaadoin sinulle venäläistä kristallia olevaan lasiin Night Trainia. Ole hyvä. Otetaanko erä jatsia?"

Minä: "Jaa. Otetaan vaan."

Raymond: "Sinä lasket pisteet. Tässä norsunluusta valmistettu kuulakärkikynä ja 60-luvulta Burmasta saatu sotamuistio, johon voit kirjata pisteet."

Minä: "Sopii hyvin. Aloitetaan ottelu. Voisitko lopettaa komboloin heiluttelun?"

Raymond Lucky: "Älä korota ääntäsi. Tämä on oleellinen osa heittoa."

Minä: "Musiikki on kyseenalaista. Onko sinulla mitään parempaa?"

Raymond Lucky: "Ei ole mitään parempaa."

Minä: "Kerrotko vähän vielä niistä 11:sta kadun lapsista."

Raymond Lucky: "En kerro. Muutama hulttiolapsi on tämän hetken kuumin mysteeri New Yorkissa. Siinä kaikki kiteytetysti. Jos tarvitset asian selvittämisessä dollareita, huumeita tai koiratappeluita, niin järjestän."

Minä: "En aio sekaantua millään tavalla hämäräbisneksiisi. Vanha toverimme, huumepoliisi Mike Miders järjestää Manhattanilla edelleen turistikierroksia liittyen New Yorkin rikoshistoriaan. Käyn hänen juttusillaan vielä tänään illalla."

Raymond Lucky: "Keskeytät minut koko ajan, kun pitäisi aloittaa ensimmäinen heitto. Tapaat tänään Bobrobin veljekset."

Minä: "Voi helvetti! Ovatko ne barbaarit hengissä edelleen?"

Raymond Lucky: "Vapautuivat pari vuotta sitten."

Minä: "En millään haluaisi tavata heitä."

Raymond Lucky: "Ei vaihtoehtoja."

Lankapuhelin pirisee huoneen toisessa päässä. Lucky nousee pöydästä ja vastaa puhelimeen. Hän juttelee hetken selin minuun. Hän lopettaa puhelun ja asettaa vinyylisoittimeen uuden levyn. Lucky astuu takaisin pöytään ja sytyttää sikarin pöydällä palavasta kynttilästä.

Minä: "Tiesithän, että savukkeen sytyttäminen kynttilästä johtaa merimiehen kuolemaan."

Raymond Lucky: "Ei kiinnosta. Järjestin sinulle tapaamisen. Central Parkissa Bobrobin veljesten kanssa kello yksitoista tänä iltana. Onnittelut!"

Minä: "Kiitos helvetisti!"

Raymond Lucky: "Nyt sitten vihdoin se ensimmäinen heitto. Kysy minulta mikä on lempimusiikkiani."

Minä: "Mikä on lempimusiikkiasi?"

Raymond heittää viisi noppaa ilmaan, ja komboloin nakutusääni loppuu. Miles Davisin So What soi ja nopat laskeutuvat marmoripöydälle viitenä ykkösenä.

Raymond Lucky: "Jatsi."

Minä: "Jatsi. Käsittämätöntä."

Raymond Lucky: "Onko muuta sanottavaa?"

Minä: "Siirryt 50-0 johtoon. Ottelu päättyy luovutusvoittoon eduksesi. Kiitos pelielämyksestä ja viinistä. Minä poistun Manhattanille."

Raymond Lucky: "Vihdoin."

Raymond painaa nappia kävelykepistä ja kuulen pihalla auton käynnistyvän. Juoksen portaat alakertaan.

DAYTONA RIDE

Daytona Spyderin moottori jylisee autotallin edustalla ja sen kierrokset nousevat nopeasti äärimmilleen, kun eturenkaat painautuvat asfalttiin. Kumien ulvonta on kuin preerian susilauman huutoa ja auto pyörii ympyrää savupilven keskellä useamman kierroksen. Umpioissa syttyvät kennot ja auto kääntyy lipuen Avenuen suuntaisesti. Valtavat valopatsaat nousevat kadun pintaan ja valaisevat Morris Parkin. Tiellä ei näy muuta liikennettä. Auton sisätiloihin syttyy valkoinen valo. Kuljettajan paikalla erottuu tummaihoinen mies, joka on pukeutunut tummaan smokkiin ja punaiseen kravattiin. Mies hymyilee ja heiluttaa käsiään hitaasti. Valkoiset hampaat loistavat kirkkaasti auton sisällä. Kävelen autolle.

Minä: "Tervehdys. Olisiko mahdollista saada kyyti Manhattanille? Minun pitäisi tavata siellä pari tuttua."
Pikkolo: "Hei. Minä olen Pikkolo. Ilman muuta. Olette Raymondin ystävä, ja hänen ystävänsä ovat minun ystäviäni. Isäntäni kohtelee minua hyvin. Toivottavasti ottelunne meni viihtyisästi. Näin meidän kesken voin kertoa, että Raymond käyttää painotettuja noppia, joten häntä on mahdotonta voittaa. "
Minä: "Tiesin sen! Maksaako kyyti jotain?"
Pikkolo: "Ei missään nimessä, cowboy! Teille on aina kaikki ilmaista ja mahdollista tässä kaupungissa."
Minä: "Kiitos."
Pikkolo: "Onko toiveita reitistä?"
Minä: "Mukavaa, kun kysyit. Voisimmeko ajaa jotain maisemareittiä?"
Pikkolo: "Ilman muuta. Pysähdymmekö jossain matkalla?"
Minä: "Kysymyksesi tuntuvat vain paranevan. Kävisimmekö vaikka Harlemissa syömässä?
Pikkolo: "Onnistuu. Tiedän sieltä loistavan hot dog -ravintolan. Voitte tilata sieltä myös juotavaa."

Minä: "Kuulostaa lupaavalta. Eli maisemareittiä Harlemiin hot dogille, kiitos."

Pikkolo: "Nopeus?"

Minä: "Ei syytä hidastella."

Pikkolo: "Asia ymmärretty. Minun nähdäkseni tarvitsemme matkan ajaksi vielä musiikkia, mutta valitsen sen itse, jotta teidän ei tarvitse vaivata päätänne. Säästän sen yllätykseksi. Voitte nyt vain nauttia matkasta ja jättää kaiken muun minun vastuulleni. Tässä teille olut."

Hansikaslokero edessäni avautuu, ja sieltä työntyy New Amsterdam -olut jäisessä tuopissa.

Minä: "Kiitos."

Pikkolo: "Teille luultavasti on käymässä selväksi se, että 11:sta kadun lasten katoaminen on saanut koko kaupungin sekaisin. Viikko sitten kaikki oli hyvin ja rauha vallitsi. Nyt normaalit ihmisten väliset käytöstavat ovat unohtuneet. Pahuus ja aggressiivisuus hallitsevat nyt. Ihmiset elävät kuin viimeistä päivää. Myös minä lukeudun heidän joukkoonsa. Kaikki on lyhytjänteistä ja kaupunki on romahduspisteessä, mikäli syöksykierrettä ei saada pysäytettyä. Se ei ole tuo täysikuu, joka loistaa. Se on jotain muuta. Voitte haukkua ihonväriäni koko ajomatkan jos haluatte."

Minä: "Kiitos tarjouksesta, mutta en tartu siihen. Anna palaa, Pikkolo!"

Pikkolo painaa kasettisoittimen päälle ja kitaramusiikki tulvii autoon. Moottori jyrähtää ja savupilvi alkaa nousta konepellin alta. Scorpionsin Big City Nights alkaa. Horisontissa siintää ylväänä Brooklynin silta, ja pilvenpiirtäjien takana loistaa täysikuu. Renkaat tarttuvat tien pintaan ja selkä painautuu penkkiin. Pää nytkähtää taaksepäin ja auto kiihtyy pitkin Lydig Avenueta. Katurata-ajot käynnistyvät ja New Amsterdamia liikkuy rinnuksille. Valopatsas valaisee katupinnan, jota Daytona Spyder seuraa saalistajan lailla vauhdin noustessa edelleen. Valkoiset kaistaviivat, autot ja punaiset liikennevalot vilisevät silmissä. Nopeusmittari näyttää yli sataa mailia tunnissa.

Minä: "Voitko kuvitella. Tulin tänään Gran Canarialta ja luulin sen olevan kova paikka. Taisin erehtyä."

Pikkolo: "Ruoka Harlemissa jäähtyy!"

Pikkolo: "Minulla on asiaa sinulle musiikista."

Minä: "Kerro nyt hyvä mies!"

Pikkolo ottaa takkini rinnuksista kiinni ja pitää vasemmalla kädellä ratista. Miehen silmät kiiluvat kuin sarjamurhaajalla.

Pikkolo: "Big City Nights!"

Edessämme on pitkä ylämäki, jonka lakipiste lähestyy kovaa vauhtia. Painottomuuden tunne tunkeutuu kehon läpi, kun nousemme ilmaan. Horisontissa Brooklynin sillan ja pilvenpiirtäjien valot näyttävät entistä isommalta. Katson pikakelauksella elämäni vaiheita lapsuudesta tähän hetkeen. Iskeydymme katuun ja auto jatkaa risteyksestä eteenpäin. Auto kaartaa vasemmalle ja työntyy kahdelle renkaalle. Painaudun ikkunaa vasten ja tunnen valtavan tömäyksen. Auto pysähtyy väkijoukon keskelle Lenox Avenuen ja 132:n kadun kulmaan. Vieressä on nakkikioski ja ympärillämme on hämmästynyttä väkeä, jotka tuijottavat autoa.

Pikkolo: "Olemme saapuneet. Mene tilaamaan ruokaa itsellesi."

Pikkolon ajotyylistä päätellen mies on raivohullu, joten en rupea vastaan sanomaan. Nousen ulos autosta väkijoukon edessä, ja kävelen kioskin eteen.

Minä: "Yksi Amerikan hot dog, kiitos."

Kioskinpitäjä ojentaa minulle tuotteen.

Minä: "Saisinko amerikkalaisen Coca Colan lasipullosta, kiitos!"

Kioskinpitäjä: "Tässä, olkaa hyvä."

Oikealla puolellani noin kymmenhenkinen nuorisoryhmä on pukeutunut suurikokoisiin verryttelyasuihin. Yksi heistä lähestyy minua.

Harlemilainen: "Yo yo, cowboy. Taidat olla eksynyt? Näytät tutulta. Osaatko sanoa mistä tunnemme toisemme? Voin auttaa muukalaista. Minä olen nähnyt sinut televisiossa, mutta sinä et ole nähnyt minua. "
Minä: "Jopas jotakin. Haluatko tarkentaa?"
Harlemilainen: "Olet televisiotähti kuuluisassa elokuvassa. Näyttelet kovanaamaa elokuvassa Pehmeät kasvot."

Nuorisojoukko räjähtää ivalliseen nauruun.

Minä: "Ymmärrän. Haluaisitteko koko ryhmä hot dogit? Minulla on taskussa neljäsataa dollaria käyttörahaa, josta olen valmis luopumaan ilman vastarintaa."
Harlemilainen: "Juntti! Sinä et tule selviämään tästä muutamalla hodarilla ja nipulla dollareita."
Minä: "Aivan. Minulla olisi sinulle erinomainen ehdotus. Tuohon kadun viereen on pysäköity vuoden 1984 Volvo 240. Hajota ikkuna siitä ja aja minut Manhattanille. Saat palkkioksi kaiken käteiseni. Voit tänään myöhemmin esitellä rahapinkkaa ystävillesi, kertoa sinun mukiloineesi minut ja heittäneesi minut auton ikkunasta Brooklynin sillalta alas. Miltä kuulostaa?"
Harlemilainen: "Kuulostaa erittäin hyvältä."

Valkoinen Volvo on parkkeerattu tien viereen. Harlemilainen ottaa verryttelytakkinsa povitaskusta käsiaseen ja lyö sen perällä kuljettajan puoleisen ikkunan hajalle. Auton valot alkavat vilkkua. Harlemilainen astuu lasimurskan päältä kuljettajan paikalle, ja minä astun matkustajan paikalle. Ihmisiä kerääntyy auton ympärille ja nuorisojoukko alkaa heiluttaa autoa. Joku hyppää makaamaan konepellille ja takoo nyrkeillään etulasia. Kääntöveitsi vilahtaa sivupeilissä. Tilanne alkaa olla sellainen, että tästä olisi hyvä päästä pois.

Harlemilainen: "Joko mennään?"
Minä: "Odota hetki."

Katson oikealle. Pikkolo pitää vasenta kättänsä ulos auton ikkunasta ja vinkkaa silmäänsä minulle parinkymmenen metrin päässä. Avaan Volvon oven, nousen nopeasti ihmismassan keskelle ja otan juoksuaskelia. Kuulen ihmisten huudon kakofonian ja tunnen repivät otteet takissani. En ymmärrä miksi he jahtaavat minua. Saatanan hullut. Jatkan kauhunsekaisin tuntein eteenpäin. Astun Spyderin kyytiin.

Minä: "Tiesin, että sinuun voi luottaa. Nyt kaasua."
Pikkolo työntää päänsä ikkunasta läpi ja huutaa väkijoukolle.
Pikkolo: "Menkää töihin, pellet!"

Moottori jyrähtää ja Big City Nights soi. Matka jatkuu kohti Manhattania.

CITY LEGENDS

Osallistuimme poliisijohtaja Mike Midersin kanssa viime vuonna Long Islandilla parinsadan hengen juoksutapahtumaan. Reitteinä oli viisitoista ja kolmekymmentä mailia, joista Miders osallistui jälkimmäiseen. Noin kuuden mailin kohdalla Lakeland Avenuella Miders kääntyi ajatuksissaan vasemmalle Johnson Avenuelle sillä seurauksella, että ylitti maalilinjan vahingossa juostuaan vasta viisitoista mailia. Kuuluttaja innostui, ja kuulutti Midersin kolmenkymmenen mailin voittajaksi uudella maailmanennätysajalla 54.34. Tässä vaiheessa Miders ymmärsi jotain olevan vialla ja häpeillen jatkoi maalilinjan yli matkaansa toiselle kierrokselle. Reilun parin tunnin taistelun jälkeen Miders oli uuvuttanut itsensä kaukaiselle joutomaa-alueelle Long Islandin kaakkoispuolella sillä seurauksella, että päätyi tilaamaan lonkkavikaiselta rouvashenkilöltä autokyydin takaisin lähtöalueelle. Jostain syystä he riitaantuivat autossa ja mummo komensi puolimatkassa Midersin ulos autosta. Hän käveli kylmissään lähtöalueelle. Tuloslistassa Miders oli ainoa keskeyttänyt. Jälkeenpäin mies kertoi olevansa tyytymätön siihen, ettei julistautunut voittajaksi ja maailmanennätyksen haltijaksi, kun siihen oli mahdollisuus.

Mike, kaupungin johtava huumepoliisi, on loistava tarinankertoja. Tiedän sen sinulle totuutena julistaa, koska olen jo vajaan tunnin saanut kuunnella hänen organisoimallaan turistikierroksella mitä merkillisimpiä New Yorkiin rikoshistoriaan liittyviä kertomuksia ja yksityiskohtia. Mike Miders, joka on tänään pukeutunut talvikenkiin, värikkäästi kuvioituihin salihousuihin ja tummaan huppariin, ohjaa virka-ajan ulkopuolella turistikierroksia, joihin osallistumisesta hän veloittaa viisitoista dollaria käteisellä, mistä hän maksaa piirikunnalle veroa nolla dollaria.

Turistikierros on lopussa. Olen asettunut nautinnolliseen katsojan rooliin saaden hetken rauhan toipua hektisestä alkumatkasta ja erityisesti vastenmielisten ihmisten tapaamisesta, kunnes olemme saapuneet Lower Manhattanille 11:sta kadulle pienen puistoalueen kupeeseen. Ruosteisten metalliaitojen ympäröimää entisen koulualueen pihaa koristaa kuollut kasvillisuus, muutama lahonnut laudankappale ja kallellaan seisova lyhyt metallitolppa, jonka päässä roikkuu riekaleinen ja haalistunut Amerikan lippu.

Mike Miders: "Olemme saapuneet viimeiselle rikospaikalle 11:sta kadulle. Tästä kohtaa katosi viisi nuorta viikko sitten. He asuivat koko nuoren ikänsä tuolla takana näkyvissä Low Rise -taloissa, ja kävivät tätä koulua. Nuoria yhdisti musiikkiharrastus ja epäilyttävät elämäntavat. Koulun talonmies Rogie Feast on tämänhetkisten tutkimustietojen mukaan viimeinen, joka heidät näki. Rogie oli haravoimassa koulualueen pihaa, kun viisikko istui tällä aidalla polttamassa tupakkaa, soittamassa kitaraa ja syljeskelemässä. Rogie oli kertomansa mukaan käynyt huomauttamassa nuorisoa moraalittomasta käytöksestä, minkä jälkeen hän oli poistunut kävellen idän suuntaan 11:sta katua. Pois kävellessään hän oli kuullut takaansa naureskelua, ja tuntenut yhtäkkiä lasipullon hajoavan hänen takaraivoonsa. Raivostunut Rogie oli kääntynyt verissä päin takaisin aidalle aikomuksenaan aloittaa väkivaltainen selkkaus, mutta viisikko oli kadonnut. Sen jälkeen heistä ei ole mitään havaintoa. Feast on minun kirjoissani syyllinen. Motiiviksi sopii suivaantuminen nuorison vallattomaan käytökseen, ja Rogie Feastin liiallisuuksiin ajautunut kuntosali- ja voimaharjoittelu kasvuhormonien tuella koulun väestönsuojassa. Olemme voimattomia mysteerin edessä. Koulu on toistaiseksi suljettu ja kaupunki on kaaoksessa. Kaupunginjohtaja julisti hätätilan tänään kaupunkiin. Elämme poikkeuksellisia aikoja ja kaupunkimme on kaaoksessa. Kaupungin poliisivoimat ovat myös lamaannustilassa ja NYPC:n palkanmaksu on osaltani keskeytetty. Emme ole kovinkaan kaukana sisällissodasta, ja rauha on saatava jotenkin palautettua. Sen vuoksi otan mielelläni ylimääräisiä dollareita, mikäli teiltä liikenee."

Japanilainen: "Miten on mahdollista, että joukko ihmisiä nyky-maailmassa katoaa kuin salama kirkkaalta taivaalta?"

Mike Miders: "Erittäin hyvä kysymys. Yritän havainnollistaa 11:sta kadun lasten katoamisnopeutta. Kuunnelkaa äärimmäisen tarkkaan. Me kaikki olemme tässä hetkessä juuri nyt. Kuvittele 11:sta kadun lapset tuohon koulun pihan aidan viereen seisomaan ja syljeskelemään. Vetäkää keuhkot täyteen happea ja pidättäkää hengitystä."

Miders vetää taskusta käsiaseen kohti taivasta. Pam!

Mike Miders: "Ja nyt lapset ovat kadonneet. Se on käsittämätön ajatus."

Japanilaisen kahvimuki tippuu maahan. Koko turistiryhmä minä mukaan luettuna jähmettyy paikalleen.

Mike Miders: "Ennen kuin lopetamme, haluan esitellä teille cow-boyn, joka on tänään illalla saapunut kaupunkiimme."
Minä: "Oletko tietoinen, että kaupunki vilisee ryöstömurhaajia, raiskaajia, huorintekijöitä ja anarkisteja? Aiotko tehdä näille asioille mitään, vai jatkaa turistikierrosten vetämistä ja auttaa yhteiskun-tarauhan palauttamisessa?"
Mike Miders: "Suoritan tällä hetkellä merkityksellistä rikospaikka-tutkintaa kadonneista lapsista samalla kun tämä ihmisryhmittymä ympärillämme seuraa järkyttyneenä tilanteen kehittymistä. Mikäli äänensävynne ei muutu, minun tarvinnee tarkistaa passinne. Siinä saattaa olla jotain ongelmaa!"
Minä: "Ei ongelmaa!"

Miders vetää salihousujen taskusta käsiaseensa, ja ampuu kolme laukausta taivaalle. Japanilainen menettää tajuntansa aidan vie-reen.

Minä: "Kierros on päättynyt! Miders elvyttää."

Miders on seonnut. Minun on jätettävä hänet ja turistiryhmä oman onnensa nojaan.

Kello on 22.55. Saavun hengästyneenä Central Parkiin puupenkille ja saan vedettyä muutaman minuutin happea ja palauduttua Midersin jännittävästä turistikierroksesta ennen kuin pitää tavata kaksi seinähullua. Ihailen edessäni olevaa maisemaa. On pimeää. Edessäni on iso vesialue, jonka pinta väreilee pilvenpiirtäjien valomeressä. Rannassa on puinen soutuvene. Viereisellä polulla lenkkeilee satunnaisesti ihmisiä, ja he näyttävät nauttivan olostaan.

Identtiset Bobrobin veljekset sopisivat elintavoiltaan ja käytöksensä puolesta parhaiten 1600-luvulla Englantiin. Tukevarakenteiset Bob ja Rob syntyivät 1954 Indianan Lafayetissa. He poistuivat ensi kertaa kotikaupungistaan 70-luvun alkupuolella ja ajoivat New Yorkiin, jossa aloittivat siltä istumalta satamatyöläisinä. Työntekoa enemmän miehiä kiinnosti kuitenkin puuhastelu alamaailmassa. Organisoidusta tai erityisen vakavasta rikollisuudesta heidän kohdallaan ei voitu kuitenkaan puhua, vaan lähinnä velanperinnästä ja summittain valittujen ihmisten vainoamisesta ja ahdistelusta.

Ajoittain Bobin ja Robin vastuualuetta laajennettiin huonolla menestyksellä. Epäonnistumiset johtuivat ennemmin vajavaisesta suorituskyvystä ja välinpitämättömyydestä kuin pahantahtoisuudesta. Yksi epäonnistuminen oli tapahtunut Raymond Luckyn organisoimassa elektroniikkakontin ryöstössä, josta oli muodostunut katastrofi. Nick Story Forrestin oli ollut tarkoitus kirjoittaa vastaanottopaperit New York Harborissa elektroniikkaa täynnä olevasta kontista, ja luovuttaa se kuorma-autosta nopeasti eteenpäin uudelle vastaanottajalle satama-alueen ulkopuolella. Bobin tehtävänä oli tullut toimia vahtimiehenä muutaman sadan metrin päässä. Bob tai Rob olivat ilmoittaneet radiopuhelimella kaiken olevan kunnossa eikä ylimääräistä liikettä työkoneiden lisäksi purkualueella oltu havaittu. Bob tai Rob olivat kuitenkin jaelleet virheellisiä tietoja kännipäissään satamabaarista, josta ei ollut näköyhteyttä satama-alueelle.

Operaatio oli huomattu ja satama-alueella oli alkanut vilistä viranomaisia, jotka olivat tietoisia siitä, että jotain oli meneillään. Kun Nick Story Forrest oli ajanut konttia satamaportista läpi, kuorma-auton renkaisiin oli alkanut kohdistua luotisade. Story oli vain vaivoin onnistunut pakenemaan ohjaamosta ja katoamaan Manhattanille. Muutama tuntia myöhemmin koko ryhmä oli ollut selvittämässä sotkua Raymondin luona. Bob oli väittänyt, että työtehtävästä oli alun perin sovittu Robin kanssa. Rob taas oli väittänyt, ettei mitään sopimuksia vahtikeikasta ollut olemassa ja sanoi, että Raymond oli sopinut asiasta Bobin kanssa. Molemmat olivat olleet silminnähden humalassa ja kiistäneet olleensa missään tekemisissä radiopuhelimen kanssa. Tuolloin Raymond oli ilmoittanut, että jatkossa heistä käytettäisiin nimeä Bobrobin veljekset ja he toimisivat aina yhdessä epäselvyyksien välttämiseksi.

Viereisestä pusikosta kuuluu kahinaa. Kyllä. Bobrobin veljekset lähestyvät penkkiäni ryömien ja silmät kiiluen. Oksia ja maa-ainesta roikkuu heidän vaatteistaan. Toinen istuu vasemmalle puolelleni ja toinen oikealle. Jään puristuksiin heidän väliinsä.

Bobrob: "Cowboy! Lähdemmekö soutelemaan?"
Minä: "En lähde. Kuuntelen hetken juttujanne Raymond Luckyn toivomuksesta ja aloitan sitten pikkuhiljaa prosessin, jolla aion palauttaa rauhan ja käytöstavat kaupunkiin."

Piraattinauru täyttää puiston.

Bobrob: "Tuo järven pinta muuten on ohuessa jäässä talvisin. Olet sellaisen päällä juuri nyt. Jos jää pettää, minä odottelen sen alla. Näytät hieman väsyneeltä. Haluaisitko särkylääkettä?"
Minä: "Mitäs olisi tarjolla?"

Bobrob: "Yhdeksänmillistä löytyisi."

Minä: "Kuulostaa mukavalta."

Bobrob: "Otatko?" Bobrob näyttää taskumattia minulle.

Minä: "Siinä näyttäisi lukevan 'Syanid'."

Bobrob: "Ota vähän."

Minä: "En ota. Oliko teillä jotain asiaa?"

Bobrob: "Älä sellaisia mieti. Lähdetään veneelle."

Minä: "Mieluummin jättäisin väliin."

Bobrob: "Oletko käynyt Meksikossa?"

Minä: "En ole enkä mene. Oletteko te?"

Bobrob: "Kerran."

Minä: "Milloin?"

Bobrob: "Se tapahtui yöaikaan. Avojonossa, lipas täynnä ja maastopuku yllä."

Minä: "Kovaa puhetta. Sen lisäksi, että käytätte väärin lukuisia eri päihteitä, taidatte itse uskoa noihin juttuihinne."

Bobrob "Ilman muuta. Haluatko nähdä Nukketeatterin?"

Minä: "En, mutta voisin kertoa muutaman valitun sanan."

Bobrob: "Kerromme sinulle tarinan… New Yorkissa sijaitsee nukketeatteri, josta puhutaan taiteen suurena näyttämönä. Vuosikymmenien ajan jokailtaisen näytöksen keskiöön saapuu vaikutusvaltaisia newyorkilaisia. He ovat pankkiireja, virkamiehiä, poliitikkoja ja rikollisia. Jokaisessa nukketeatterissa – kuten tässäkin – on esittäjä, joka ohjaa hahmoja suoraan tai epäsuorasti, vaikuttaen näytelmän tapahtumiin. Hän ohjaa yhtä hahmoa kerrallaan, eikä koskaan näytä kasvojaan. Eräänä lokakuisena päivänä New York Pop Cityssä hän tulee saapumaan yllättäen lavalle, näyttämään kasvonsa ja puhumaan. Se ilta on tänään…"

Bobrob napsauttaa sormiaan. Mitään ei tapahdu.

Minä: "Käytättekö huumeita?"

Bobrob: "Emme lainkaan. Me myymme."

Minä: "Bobrobin veljekset. Olette keskittäneet elämänne ihmisten ahdisteluun, vainoamiseen ja pikkurikoksiin. Pyöritte puistossa huumepäissänne leikkien suurempiakin mystikoita. Kerrotte juttuja kuin ne olisivat yläkerran tietäjältä tuliaisia. Jumalaa ei ole. On ainoastaan yksi hänestä ylöspäin, ja se olen minä. Te olette minulle tästä hetkestä eteenpäin näkymättömiä."

Osoitan heitä sormella ja Bobrobin veljekset juoksevat karkuun. Etsin lähimmän ravintolan.

THIS TIME BAR

Seison 8 ja 9:n kadun kulmassa mosaiikkina välkkyvien valojen sykkeessä. Edessäni on metallinen ovi, joka hohkaa turkoosia savua. Valtava ilmanpaine työntyy kehoni läpi. Savu hälvenee, ovi pamahtaa kiinni ja avaan silmät. Katson ympärille. Istun turkoosissa savussa kelluvan baarin tiskillä. Sen takana seisoo tummatukkainen nuori mies, joka on pukeutunut mustaan kauluspaitaan ja suoriin housuihin. Lasipullot lentelevät jonglöörimäisesti musiikin tahtiin ja mitä värikkäämmät, kipinöitä suihkuavat juomat valmistuvat tyhjän ravintolan baaritiskille.

Tarjoilija: "Cocktail!"
Minä: "Anteeksi, herrasmies. Kuka olette?
Tarjoilija: "Nimeni on Cricis."
Minä: "Mielenkiintoista. Mikäs mies te olette?"
Cricis: "Näyttelijä."
Minä: "Kovaa touhua. Missä olen?"
Cricis: "This Time Barissa."
Minä: "Se lienee aika lähellä taivaspaikkaa?"
Cricis: "Voi olla. Mitä saisi olla, herra?"
Minä: "Onko näyttelijällä köyttä ja rasvaa?"
Cricis: "Onko cowboy väsynyt?"
Minä: "Alkumatka oli raskas, mutta nyt näyttää paremmalta. Kaupunki vilisee perin erikoista väkeä. Tapaamiini henkilöihin verrattuna vaikutatte hyvinkin ystävälliseltä. Tosin tekään ette taida höyhensarjassa painia. Saisinko Gin and Tonicin?"
Cricis: "Farkkutakkinne on hieman kärsinyt. Haluaisitteko päällenne jotain tuoreempaa?"
Minä: "Ilman muuta haluan."
Cricis: "Haluan toivottaa sinut tervetulleeksi Amerikkaan! Tässä lahja, jota olemme vuosikymmeniä säästäneet teitä varten. Käytin sitä elokuvassa, jossa tarjoilin juomia ihmisille. Taustalla komeilee lentäjäntakki, jota käytin toisessa elokuvassa."

Cricis asettaa pehmeän lahjapaketin tiskille. Avaan käärenauhan ja heitän ilmaan lahjapaperin, joka syttyy samassa palamaan ja haihtuu ilmaan. Sisällöksi paljastuu valkoinen kauluspaita ja punainen rusetti. Käännyn baarijakkaralla ympäri satakahdeksankymmentä astetta, ja näen edessäni valtavan peilin. Laitan ylimmän napin kiinni. Kauluspaita on sopivan kokoinen ja rusetti sopii tunnelmaan. Aika hyvältä näyttää, pakko myöntää.

Minä: "Miltä näyttää?"
Cricis: "Näyttää siltä, että olisitte menossa kuoroharjoituksiin."
Minä: "Hah! Tiesin, että sinussa on ainesta. Olikin aika saada uutta vaatetta päälle. Haluaisitteko farkkutakkini tänne ravintolan seinälle muistoksi?"
Cricis: "Ilman muuta. Laitetaan se tuonne seinälle lippalakin viereen."
Minä: "Sinnehän se sopii mainiosti! Lakissa näyttäisi lukevan 'Let's make America Great Again'. Mitä mieltä olette?"
Cricis: "Halveksuu kansakuntaamme, koska olemme aina olleet suuria!"
Minä: "Onko teillä koskaan sellainen olo, että haluaisitte kääntää kellon takaisin ja pysäyttää ajan kulun?"
Cricis: "Aistin, että nautitte olostanne."
Minä: "Olen muuttumassa tikkataulusta tefloniksi. Miten sen Gin Tonicin kanssa?"

Cricis ojentaa minulle ginipullon.

Cricis: "Tällä kertaa saatte tehdä sen itse. Ajattelin tältä istumalta siirtyä eläkkeelle baarimikon tehtävistä."
Minä: "Tällä kertaa?"
Crisis: "Tällä kertaa."
Minä: "En ole ollut täällä ennen."
Cricis: "Kaikki sanovat samaa."
Minä: "Erikoista puhetta. Missä muut asiakkaat?"
Cricis: "On tuolla yksi. Tuo nainen on Nikita."

Minä: "Nikita! Hän on vuokranantajani. Ehdottomasti menen juttusille."

Cricis: "Nainen on odottanut sinua. Valmistan hänellekin juoman ennen kuin jään virallisesti eläkkeelle."

Minä: "Hienoa. Onko sinulla jukeboksissa mahdollisesti tarjolla jotain tunnelmaan sopivaa? Ehkä pyydän Nikitaa tanssimaan sen tahtiin."

Cricis: "Ilman muuta löytyy. Laitan jonkun hienon kappaleen soimaan."

Kävelen lasit kädessä naisen pöytään. Hän istuu kulmapöydässä viettelevästi tummanpunaisessa mekossa ja mustissa korkokengissä. Nikita peilaa itseään, laittaa huulipunaa ja iskee silmää minulle peilin kautta. Hän näyttää kovin erilaiselta kuin päivällä jakku-puvussaan.

Minä: "Kas, Nikita! Nyt on kovia tarinoita kerrottavaksi. Et voi kuvitellakaan mitä on tapahtunut niiden muutamien tuntien ai-kana sen jälkeen, kun puhuimme puhelimessa. Kirja edistyy yli odotusten."

Nikita: "Mikä sinun nimesi on, cowboy?"

Minä: "Se lukee passissani."

Nikita: "Saanko nähdä sen?"

Minä: "Jos lupaat lausua kauniilla huulillasi sen, mitä näet."

Nikita: "Lupaan."

Asetan passin pöydälle. Nainen ottaa sen käteensä ja kuiskaa vie-nolla äänellä vastauksen korvaani.

Minä: "Mikä nainen sinä oikein olet?"

Nikita: "Heijastus totuudesta."

Cricis napsauttaa tiskillä sormiaan. Kristallipallo laskeutuu ka-tosta alas ja usva täyttää huoneen. Otan häntä kädestä kiinni ja kävelemme tyhjälle tanssilattialle. Lasit jäävät pöydälle ja Being

Boring alkaa kaiuttimista. Tunnelma on henkeäsalpaava. Kohta on aamuyö. Olemme kahdestaan diskopallon sisällä. Nikita nostaa mekkonsa ja pyörittää lantioonsa minua vasten.

Nikita: "Katso tuota katossa roikkuvaa kristallipalloa, jossa pyörii kolikko sähkönsinisessä valossa. Siinä lukee Tiny Dancer."
Minä: "Katson. Se on lumoava."
Nikita: "Mihin taideteos viittaa?"
Minä: "En tiedä. Mitä teen täällä tanssilattialla kanssasi?"
Nikita: "Annamme hetken viedä ja luomme lisää mysteerejä. Meillä ei ollut koskaan tylsää."
Minä: "Puhut menneessä aikamuodossa. Oletko kunnossa?"
Nikita: "Olen."
Nikita: "En ole tehnyt koskaan tällaista"
Minä: "Kaikki sanovat samaa. Tilastot eivät täsmää."
Nikita: "Sinä kuulut minulle."

Nikita vetää alushousuistaan aseen, joka nousee silmieni eteen. Katson aseen piippua ja naisen kyynelehtiviä silmiä.

Minä: "Älä tee sitä. Haluan elää."
Nikita: "Pysy kaukana. Miksi juoksit pakoon rakkauttani?"
Minä: "Minuun sattui."
Nikita: "Rakastitko minua."
Minä: "Kyllä, mutta pelkäsin lähtöäsi. Laske ase."
Nikita: "Aion painaa liipaisinta."
Minä: "Ennen kuin painat liipaisinta, saanko sanoa vielä yhden asian?"
Nikita: "Kerro."
Minä: "Olen pahoillani. En tahallani satuttanut."

Nikita laskee aseen ja hän kaatuu polvilleen itkemään. Otan hänet syliin ja puristan voimakkaasti. Silitän hänen kauniita kasvojaan. Kappale jatkaa soimistaan. Cricis napsauttaa sormiaan ja valot sammuvat tanssilattialta. This Time Bar lopettaa toimintansa. Jatkan matkaani sivistyksen pariin.

TOM C

Tom C selvitti viime vuonna elintarvikealan väitöskirjatutkimuksessaan, miten amerikkalaisen lähiruuan tuoreus ja alkuperä vaikuttavat newyorkilaisen kuluttajan aistikokemuksiin, ja miten niitä voitaisiin hyödyntää nykyistä paremmin sekä kaupallisesti että ruuan laadun parantamisessa. Minulle ei koskaan selvinnyt, mikä alkuperäinen väite tai lopputulos oli, mutta ehkä sekin joskus selviää. Mitä niitä koskevat tiedot ovatkaan, niillä ei tämänhetkisessä anarkiassa ole mitään käyttöä. Tom C on kuitenkin vuosikymmeniä tutkinut yölampun valossa maanisuuteen asti mitä merkillisimpiä asioita ja käyttänyt niihin perehtymiseen uskomattoman määrän energiaa sekä tilastotiedettä, joten hänellä saattaa olla tärkeää sanottavaa nyt vallitsevasta New Yorkin hälytystilasta. Lisäksi minä tarvitsen suojapaikan anarkiassa. Toivottavasti hän on työhuoneellaan.

Seison yliopistorakennuksen kulmassa Washington Parkin itäpuolella. Pihalla on pimeää ja pääportaiden eteen sataa lentolehtisiä. En ehdi nyt tutustua sisältöön, joten nostan maasta yhden ja rypistän sen kauluspaidan rintataskuun myöhemmäksi. Katselen pääovista sisään, mutta sisällä ei näy minkäänlaisia valoja. Hakkaan kaksin käsin yliopiston ovea, mutta kukaan ei avaa. Kierrän rakennuksen taakse, missä on pienet portaat ja niiden takana on ovi. Koputan kaksi kertaa varovasti. Ovi aukeaa. Tom C avaa oven tohtorinhatussaan ja on silminnähden helpottunut. Pienessä toimistohuoneessa on vihreä lankapuhelin ja työpöydällä loputon määrä paperipinoja.

Tom C: "Jumalauta, cowboy! Hieno nähdä, vanha toveri. Laita äkkiä ovi kiinni! Kaupungilla on aivan hullu meno. Sen vuoksi olen muumioitunut tänne kellariin. Toivottavasti tämä ahdinko joskus loppuu ja saan pyöräillä rauhassa töihin. Tänään aamulla minua ammuttiin liikkuvasta autosta. Järkyttävää! Saitko uusimman lentolehtisen?"

Minä: "Uskomatonta, Tom C! Minun on päästävä suojaan. Minua osoitettiin aseella kantabaarissani juuri äsken. Mitä tämä kaikki on? Tässä pihalta löytämäni lentolehtinen. Mitä helvettiä täällä tapahtuu? Paljonko kello on? Voitko kertoa!"

Tom C: "Kerron kaiken! Kello on 0.30. Näyttää siltä, että tilastolaskennan osaamiseni ei auta tässä tilanteessa, mutta analyyttinen pohdinta kyllä. Lähden ensin kokonaiskuvasta lähihistoriassa ja siirryn sitä kautta seikkaperäisiin tietoihin viimeisen viikon aikana sattuneista tapahtumista. Ensinnäkin olen samaa mieltä kanssasi, että olemme aidossa katastrofitilanteessa. Ihmisten sisällä on vellonut kaupungissamme patoutumia jo vuosikausia. Olen sen aistinut joka puolella, kun punkin uusi aalto on noussut kaupungin klubeille. Niin sanotun vanhan koulukunnan edustajat eivät ole tästä olleet erityisen mielissään. Kokonaisuudessaan painekattilaa on viritetty yleisellä sättimisellä ja nälvimisellä viime vuodet. Ongelmat räjähtivät käsiin viikko sitten, kun 11:sta kadun lapset soittivat Mars barissa. Bändi aloitti ja keikka riistäytyi välittömästi käsistä. Poliisijohtaja Miders kävi paikalla, totesi tilanteen mellakaksi ja poistui paikalta ilmaan ammuskellen. Seuraavana aamuna viisikko pahoinpiteli koulun vahtimestarin Rogie Feastin lasipullolla, ja pakeni paikalta. Luultavasti he eivät uskalla palata kouluun. Arvostetun poliisijohtaja Mike Midersin hermot pettivät, ja hän alkoi syyttää kunniallisesti työtään suorittavaa vahtimestaria lastenmurhista ja kasvuhormonien käytöstä. Katastrofin dominopalikat kaatuivat tunti toisensa jälkeen ja lentolehtisiä satelee melkein tunnin välein. Rogie Feast irtisanottiin, Mike Miders vaihtoi virkapuvun salihousuihin ja ammuskelee holtittomasti ympäri kaupunkia eikä kukaan välitä. Kaupungin kuuluisin kitaristi Willy Quitar, joka on erittäin katkera monista asioista ja lisäksi Rogie Feastin hyvä ystävä, on antanut pitkin viikkoa provosoivia lausuntoja ja lietsonut kaaosta. Tänään hän julisti, että surmaa 11:sta kadun lapset, jos heidät löytää. Kaupunginjohtaja meni paniikkiin ja julisti hätätilan, mutta hänellä ei ole pienintäkään auktoriteettia. Oikeastaan kaikki syyttävät kaikkia kaikesta eikä kukaan ymmärrä, mikä alkuperäinen ongelma on.

Minä: "Äärimmäisen mielenkiintoista tietoa. Tiesin, että sinuun voi luottaa. Ovatko Rogie ja Willy väleissä?"
Tom C: "He ovat sydänystäviä. Rogie meni työpäivän päätteeksi 70-luvun lopulla CBGB:hen kuuntelemaan musiikkia ja tilasi olutta. Baaritiskillä stetsonipäinen mies esittäytyi Willy Quitariksi, ja kertoi, että hän oli edellisenä päivänä ollut levyttämästä uutta kappaletta maailmanmaineeseen nousseen Countrypopin kanssa NYP Sound Recording Studiolla. Willy oli saanut yllättävän kutsun sessioon, koska yhtyeen vakituinen kitaristi kärsi tuohon aikaan säännöllisistä epilepsiakohtauksista. Sessio oli alkanut lupaavasti, ja Willy Quitar oli hyvässä vireessä, mikä oli välittömästi innostanut isomman luokan viininmaisteluun ja jammailuun. Loppuillasta miehellä ei ollut muistikuvia, minkä johdosta hän ei kehdannut saapua seuraavalle päivälle sovittuun nauhoitussessioon. Hän päätyi CBGB:n baaritiskille juomaan itsekseen olutta, ja samalla luovutti paikkansa maailmanmaineessa. Willy tapasi baarissa Rogie Feastin ja kertoi tälle nostavansa kaksisataa penkistä buutsit jalassa. Illan aikana tulos nousi jo kolmeensataan, mitä Rogie Feast kateellisena mielessään hämmästeli. Miesten yhteisen sävelen löytyminen johti siihen, että seuraavana päivänä kaksikko alkoi yhteistuumin rakentaa saunaa Willy Quitarin omakotitalon piharakennukseen, joka sijaitsee Coney Islandilla. Sauna on kuin suurimman timpurin taideteos. Olen iltapyöräilyllä aidan yli käynyt sitä hämmästelemässä."
Minä: "Kuulostaa uskomattomalta. Mitä minä voisin tehdä, jotta Feast ja Willy Quitar rauhoittuisivat?"
Tom C: "He pyörivät luultavasti tällä hetkellä humalapäissään Rogie Feastin vanhalla studiolla ja hakkaavat flipperiä. Sinä olet cowboy. Sinulla on kynäntaitoja, ja tunnet heidät vuosien takaa. Voisit sanoittaa matkalla rokkikappaleen heille. Se saattaisi hieman lievittää heidän tuskaansa."
Minä: "That's right."
Tom C: "Jos nyt viemme tätä ad hoc -menettelyä vieläkin pidemmälle, niin voisimme yrittää kutsua kaikki niin sanotun vanhan koulukunnan edustajat levyraatiin ja lopulliseen välienselvittelyyn.

Willy Quitarin asunto ja pihasauna Coney Islandilla olisi loistava paikka siihen tarkoitukseen. Olen siellä halunnut aina käydä." Minä: "Loistava suunnitelma. Meillä on kuitenkin yksi ongelma: Ulos ei ole mitään asiaa tällä hetkellä, enkä uskalla yksin mennä sinne studiolle – etenkään jos Rogie on pahalla päällä."

Tom C sytyttää savukkeen ja karistelee hermostuneena paperipinon päälle. Hän katsoo mietteliäästi vihreää lankapuhelinta.

Tom C: "Minulla on Raymond Luckyn puhelinnumero."

Tom C nostaa lankapuhelimen ja kääntää numerot. Hän laittaa luurin lappeelleen, josta kuuluu tasainen hälytysääni. Puhelu yhdistyy. Koko vartaloni jännittyy ja Tom C:n tohtorinhatun alta valuu hikeä. Langan toisesta päästä kuuluu vaimeaa huohotusta.

Raymond Lucky: "Mikäli minut tuomittaisiin syyttömänä elinkautiseen vankilaan, jossa minut raiskattaisiin toistuvasti ja sen jälkeen pahoinpideltäisiin kuoliaaksi, nousisin moottoripyörällä haudasta Miles Davisia kuunnellen vankilan johtajaksi. Vaikuttaa siltä, että junttikaksikko tarvitsee apua. Katsokaa ulos."

Puhelu katkeaa. Kellariin tulvii sokaisevaa valoa. Sydämeni jättää kymmenen iskua lyömättä. Kävelemme ovelle ja katsomme ikkunasta. Pikkolon kylmä katse tuijottaa pihalta minua kohti. Kyytini on saapunut.

Minä: "Minä menen sittenkin juosten studiolle. Hakekaa Pikkolon kanssa Miders sekoilemasta koulun pihalta. Noutakaa meidät studiolta 1.40."
Tom C: "Ok. Nähdään studion edessä."

Speedin' like a space brain
One more time tonight!

Rock N´ Roll Star

Minulla on yksi suunta ja se on eteenpäin. Kävelen ruuhkaisella Manhattanilla yön valojen loisteessa. Suurin osa vastaantulijoista hymyilee, ja useimmat haluavat kätellä. Jotkut yrittävät samalla kertoa minulle jotakin, mutta korvalapuistani soiva musiikki peittää heidän sanansa. Vastaan hymyllä ja jatkan matkaani eteenpäin. Kunnioittavat ja iloiset katseet keventävät askeltani niin, että leijun korkeammalla kuin kukaan muu. Nuori nainen minihameessa juoksee innostuneena eteeni, painaa polaroid-kameran laukaisinta. Salama häikäisee silmiäni, vaikka päässäni on aurinkolasit. Hän heiluttaa edessäni kuulakärkikynää ja paperia. Pysähdyn, annan nimikirjoituksen ja pusun poskelle. Kun katselen ohikiitävän hetken tätä hulluutta ja kaupungin mielettömyyttä ympärilläni, on pakko todeta, että tuntuu mahtavalta olla cowboy. Innostuksesta huutavia ihmisiä alkaa kerääntyä yhä enemmän ympärilleni. On otettava muutama juoksuaskel pakoon ja suunnattava parin korttelin päähän kohti Rogie Feastin studiota. Minulla on vahva tunne siitä, että juuri nyt on sopiva hetki laatia hittikappale.

Saavun Rogie Feast-studion eteen hengästyneenä. Menen lähemmäs lasiovea ja katselen sisään. Kuluneisiin sinisiin farmareihin, kireään t-paitaan ja puukenkiin varustautunut Rogie Feast pelaa olkihatussa flipperiä huoneen perällä. Hän pureskelee tulitikkua, juo olutta isosta tölkistä ja murahtelee aggressiivisesti takoen laitetta voimakkain avokämmeniskuin. Rogie Feastin valtavat käsivarret pullistuvat valkoisen t-paidan hihoista. Hakkaan ja heilutan ovea kaksin käsin. Rogie Feast hölkkää hengästyneenä kohti.

Rogie Feast: "Cowboy!"
Minä: "Valtavat lihakset! Kaupungilla huhuttiin, että olet käyttänyt sopimattomia."
Rogie Feast: "Otan tuon kohteliaisuutena."

Minä: "Oletko rikkonut rehtorin säästöpossun vai mistä olet saanut rahat flipperiin?"

Rogie Feast: "Ei ainuttakaan tuollaista juttua. Ei ainuttakaan!"

Minä: "En tarkoittanut! Onko vahtimestari pahalla päällä?"

Rogie Feast: "Sain potkut. Kukaan ei usko minua. Täällä ei käy nykyään enää ketään soittamassa kunnon musiikkia. Olen kohta unohdettu luonnonvara. Rikkaiden skidit menevät Mars bariin bailaamaan, minä tulen studioon naulaamaan, ja lopulta joudun mielisairaalaan. He kiusasivat minua vuosia ja hajottivat päähäni lasipullon. Jos ihan totta puhutaan, haluaisin hakea Long Islandilta Willy Quitarin haulikon, ja lähteä selvittämään asiat!"

Minä: "Voi perkele. Kuulin, että sinua harmittaa 11:sta kadun lasten käytös ja potkusi."

Rogie Feast: "Olen syytön lasten katoamiseen. He ovat pellejä, jotka leikkivät taiteilijoita. Pyörivät koulun pihalla uusissa nahkatakeissaan ja kitarakotelot olalla syljeskelemässä kuin mitkäkin elvikset! Nuoriso kiusasi minua vuosikausia ja tulos on tässä! Olen syöksykierteessä."

Minä: "Uskon sinua! Ei minkäänlaista hätää kuitenkaan. Ylireagointeja kannattaa välttää. Tulin paikalle auttamaan. Kirjoitin matkalla uuden kappaleen, jonka voisimme levyttää, jos suostut. Voisitkohan soittaa rumpuja? Onko muuten Willy Quitaria näkynyt? Willy voisi soittaa kitaraa. Voisimme tehdä yhdessä hienon kappaleen."

Rogie Feast: "Paras ehdotus, jonka olen kuullut pitkään aikaan. Voin soittaa rumpuja. Willy Quitar on juuri tulossa tänne."

Stetsonipäinen mies kitara kädessä potkaisee oven auki. Mies on pukeutunut punaiseen pitkään takkiin, kireisiin leopardikuvioisiin housuihin ja mustiin kiiltäviin kenkiin. Takin alla on tummanvihreä kauluspaita, josta roikkuu jonkinlainen medaljonki. Jokaisessa sormessa on sormuksia. Toisessa kädessään hänellä on puoliksi tyhjä bourbon-pullo. Mies näyttää riikinkukolta.

Minä: "Tervehdys, Willy! Mukava nähdä. Toin sinulle aurinkolasit. Rayban Wayfarer. Sangat Turtoise. Sisäsangoilla teksti 'It was real, wasn't it Caroline'."

Willy Quitar: "Katsos perkele. Hienompia laseja ei voi olla. Täällä on selvästi tänään ammattilaisia, joista suurin olen minä. Ennen kuin aloitamme, minulla on jotain kerrottavaa. Istuin tänään Long Islandilla puupenkillä yksin syystuulessa, joka puski rintakehääni, ja kuuntelin korvalappustereoista musiikkia. Minulla ei ollut edes niitä tummanpuhuvia toppahanskoja, jotka olisivat voineet tuoda hieman lämpöä näinä hankalina aikoina, joten pidin kylmiä käsiäni takin taskuissa. Pohjoistuuli työnsi vaimeita aaltoja rantaan, joiden lyhyeen elinkaareen samaistun ja toivoin, että isompi aalto korjaisi minut. Minulla ei ollut mitään rantaan saapuessa, ja lähdin sieltä silti köyhempänä. Minulla on valtavasti. He, jotka toivovat kuolemaani, tulevat karvaasti pettymään!"

Minä: "Mies puhuu kuin Shakespeare!"
Rogie Feast: "Minullakin on jotain sanottavaa."
Minä: "Ole hyvä."
Rogie Feast: "Willy! Missä vaiheessa aiot heittää nuo kiertävältä sirkukselta varastamasi vaatteet helvettiin ja alat pukeutua avoimesti kukkamekkoon? Alan kyllästyä seisoskeluusi avonaisessa lasikaapissa. Anna palaa. Silloin, kun minua ei vielä kutsuttu Rogieksi, ja uskoin boheemien vanhempieni laiminlyöntien olevan merkki rakkaudesta, saatoin elätellä toivoa valoisammasta tulevaisuudesta. Nyt ymmärrän eilisen olevan vain subjektiivinen näkemykseni historiasta ja tulevaisuuden olevan olematonta, pelkkää mielikuvituksen tähtisumua. Ainoa asia, minkä arvoisemme miehet voivat tehdä tällaisena yönä, on säätää kaikki lamput punaiselle ja sukeltaa seikkailuun vailla pelkoa. Siinä vaiheessa, kun pieleen menneen itsemurhayritykseni jäljiltä kaadan puukengistäni suolavettä koulun pihalle ja yöpöydällä hymyilevä aikuisviihdelehti on ainoa ystäväni, tiedän eläneeni niin lujaa, että sisälläni virtaava voima voi ravistaa kaiken ympärilläni palasiksi. Kunhan selviän tästä kirotun studion ikeestä ja elämän minulle seuraavaksi tarjoamasta kummitusju-

na-ajelusta, aion keskittyä jalkavoimieni kohentamiseen ja kehittää potkuihin sellaista miehistä tuhovoimaa, jolla saan yhdellä hyvin ajoitetulla maigirilla 11:sta kadun lasten sydämet rummuttelemaan merijalkaväen marssia seuraavat kahdeksan ja puoli minuuttia. Minä: "Hieno monologi, mutta tuollaista ulinaa ei jaksa enempää kuunnella! Rogie Feast. Rummut valmiina? Willy Quitar. Kitara - valmiina? Purkitamme tämän ykkösellä suoraan stadioneille."

Willy antaa viimeisen soinnun soida Les Paulista, ja nostaa aurinkolasit otsalle. Rogie Feast lyö kapulan vielä kerran rumpupatjaan. Hän nousee otsa hiessä ylös ja sytyttää savukkeen.

Rogie Feast: "Ei perkele, cowboy. Pakko myöntää. Todella kova veto."
Minä: "Mitä helvettiä muuten teemme täällä?"
Rogie Feast: "Eikö tekemämme kappale puhuttele sinua?"
Minä: "Ei millään tavalla."
Rogie Feast: "Mistä sitten nautit jos et tästä?"
Minä: "En mistään."
Rogie Feast: "Oletko jotenkin pois tolaltasi?"
Minä: "En oikeastaan."
Rogie Feast: "Mitä annettavaa sinulla sitten on itsellesi tai muille?"
Minä: "Eipä kai mitään."
Rogie Feast: "Olisiko korkea aika painua vittuun täältä."
Minä: "Ehdottomasti. Minulla ei ole pienintäkään motivaation siementä jatkaa näissä hommissa. En ole kiinnostunut 11:sta kadun lapsista tai teidän kanssa pyörimisestä täällä."
Rogie Feast: "Lähde sitten pois."
Minä: "En tietenkään lähde."
Rogie Feast: "Miksi et?"
Minä: "Koska en lähde."
Rogie Feast: "Painu helvettiin!"
Minä: "Olen jo."

Rumpukapula lentää takaraivooni ja Rogie Feast paiskaa virvelin lattialle. Willy Quitar lyö kitaran lattiaan ja potkaisee oven auki. Hänen jalkansa juuttuu oven, ja mies kaatuu alkoviin. Stetsoni tippuu päästä ja buutsin kärki vääntyy. Rogie nostaa Willyn ylös ja miehet lähtevät käsikynkässä ylös.

Minä: "Loistavaa, miehet! Teissä on aivan uudenlaista energiaa, jota tarvitsemme. Lähdemme nyt Coney Islandille levyraadin pariin!"

Daytona Spyder odottaa pihalla ja Tom C heiluttaa käsiään. Rogie ja Willy näyttävät minulle keskisormea ja ahtautuvat autoon.

Minä: "Odottakaa hetki autossa. Käyn terapiassa. Tulen pian!"

Tarvitsen lisävoimia. Yöterapia odottaa.

SMOKEY'S MAP THERAPY

Hissin ovi aukeaa pilvenpiirtäjän ylimmässä kerroksessa. Eteeni avautuu valtava huone, jonka päässä on parveke. Smokey katselee parvekkeelta alas. Keskellä huonetta on vihreä nojatuoli, jossa istuu nainen. Hän silittää pöydällä olevaa kristallipalloa, josta nousee vaaleanvihreää höyryä. Kävelen lähemmäs. Tummahiuksinen nainen sekoittaa korttipakkaa ja asettelee kortteja riviin yksitellen. Hänen sinisessä kaavussaan on tähtikuvioita. Kädet ja sormet ovat täynnä hopeisia rannekoruja. Kirjahyllyssä palaa kolme kynttilää. Lattialla kissa kiertää ympäri nukkekotia. Iso puinen seinäkello nakuttaa, kello on yksi yöllä. Nainen asettelee viisi korttia riviin pöydälle ja vilkuilee minua. Edessäni on vapaa tuoli.

Minä: "Hei. Tulin tapaamaan Smokeyta. Saanko istua hetkeksi tähän?"
Nainen: "Ole hyvä."
Minä: "Mikä sinun nimesi on?"
Nainen: "Minä olen Fortuna."

Fortuna kääntää yhden kortin viidestä.

Nainen: "Herttakuningas. Mitä se tarkoittaa?"
Minä: "En selviä New Yorkissa yksin."
Fortuna: "Edes kuningas ei selviä yksin New Yorkissa."
Fortuna kääntää uuden kortin.
Fortuna: "Herttarouva. Haluatko puhua jostain naisesta?"
Minä: "En missään tapauksessa. Haluan puhua kirjoittamisesta."
Fortuna: "Ole hyvä."
Minä: "Pääsääntöisesti helvettiä. Tarinan rakentamisesta on muodostunut suo, joka koostuu yksityiskohtien loputtomasta yhteensovittamisen matkasta ilman päämäärää. Asiat menettävät mittakaavansa ja protagonisti tarpoo yksinäistä taivallustaan taideprojektin keskellä, jolle alun perinkään ei ollut motiivia."

Fortuna: "Herttajätkä. Kolme korkeinta herttaa peräkkäin. Olet todella onnekas. Voisitko jätkä kertoa jotain tästä hetkestä?" Kissa hyppää syliini. Silitän sitä.

Minä: "Muistelen valokuvaa, jonka olinpaikkaa tai elinkaarta olen ajatuksissani toivonut selvitettäväksi. Tuota kuvaa olen usein käyttänyt viimeisenä korttina loputtomaan keskeneräisyyteen liittyvässä ahdistuksessani. Valokuvassa alle kouluikäinen poika nukkuu autuaan tietämättömänä maailman vaaroista mustavalkoinen kissa sylissään pehmeällä sängyllä. Minulla on juuri nyt suuri kaipuu tuohon turvallisuuden tunteeseen ja seesteisyyden tilaan."

Fortuna: "Taidatte olla seikkailija. Käännän neljännen kortin. Herttaässä. Enää yksi jäljellä. Sinulla on kaikki edellytykset elämän värisuoraan."

Minä: "Minulla on paha aavistus viimeisen kortin suhteen. Tulen entistä vakuuttuneemmaksi siitä syvästä uskomuksestani, että kirjailijan valitsema matka on tehtävä yksin, eikä tällaisesta epämääräisestä jutustelusta kanssanne ole minkäänlaista hyötyä."

Fortuna: "Enää yksi kortti, cowboy."

Minä: "Niin on. Jännittävää. Ennen kuin käännät, katsellaanko hetki tuota kristallipalloa? Voimme ehkä ennustaa viimeisen kortin."

Fortuna: "Katsellaan vaan."

Kristallipallossa sähkö liikkuu epämääräisesti ja takanani punainen verho alkaa heilua. Patakaksi! Fortuna pyörtyy lattialle.

Minä: "Pahoittelut. En tarkoittanut. Ei tämä niin dramaattista ole."

Nostan Fortunan ylös tuolille.

Fortuna: "Ei mitään. Kyllä tämä tästä."
Minä: "Jaahas. Paljonko se tekee?"
Fortuna: "Seitsemänkymmentäviisi dollaria."

Minä: "Reipas hinta patakakkosesta. Menen nyt Smokeyn juttusille."

Kävelen kohti pilvenpiirtäjän parveketta. Näkymät ovat hulppeat. Parvekkeella Smokey tekee hauiskääntöjä käsipainoilla ja katselee Manhattanille. Hän kääntää kasvonsa minuun päin ja paljastaa hymyn, jonka alta tulee esiin kimalteleva identtisten legopalikoiden rivistö. Hikikarpalot tippuvat otsalta hauiksille. Katosta roikkuu nyrkkeilysäkki, johon on ripustettu nyrkkeilyhanskat ja lentäjäntakki.

Smokey: "Pyydän anteeksi, naisystäväni Fortuna on hieman erikoinen. Mukava nähdä. Lämmittelen tässä ylävartaloa. Ajattelin vedellä säkkiä myöhemmin. Kahdeksankymmentäkuusi paunaa. Paunoja yhdessä käsipainossa saman verran kuin kerroksia tässä pilvenpiirtäjässä, jonka ylimmässä kerroksessa minä työskentelen. Beekman Tower. Ihan jokainen ei pysty tähän."

Minä: "Ei ongelmaa. Ihan mukava nainen. Erittäin mukava nähdä, vanha ystävä. Tapasimme viimeksi Gran Canarialla. Oli silloin vähän hankalaa ja äänenpainot kovenivat ajoittain. Pahoittelut siitä."

Smokey: "Kaikki on kunnossa. Kuulin tuon verhon läpi, että sinulla on ollut vähän hankalaa kirjaprojektin kanssa."

Minä: "Olet oikeassa. Tulin avartamaan maailmankatsomustani. Kärsin mittakaavaongelmasta."

Smokey: "Haluatko apua? Tarjoan kyllä auttavan käteni."

Minä: "Kyllä haluan. Luulin jatko-osan kirjoittamisen olevan helpompi matka. Ei pitänyt paikkaansa."

Smokey: "Lasken nämä painot hetkeksi pois. Istu alas ihan rauhassa. Asiat saattavat tuntua epätoivoisilta, kun olet niiden sisällä. Olet aallonpohjassa, mutta tulet sieltä nousemaan. Haen tuolta lipastosta merikartan ja ihmisen elämää selventäviä koordinaatistoja. Selvitän sinulle vähän mittakaava-asioita. Haluatko muuten magnesiumia? Minulla olisi vähän ylimääräistä."

Smokey ojentaa minulle muovirasian, jossa on valkoisia palikoita. Hieron niitä käsiini ja lyön kädet yhteen. Seesteinen olo valtaa minut. Smokey vetää valtavan merikartan eteeni, jonka vieressä on ihmisen keho ja aikajanakoordinaatisto. Aikajanalla on lukuisa määrä tapahtumia ja ihmisiä elämäni varrelta lapsuudesta tähän päivään. Jotkut tapahtumista herättävät voimakkaita tunteita, jotkut eivät. Suuren osan muistan hyvin.

Smokey: "Katsomme nyt tätä merijalkaväen merikarttaa niin saat perspektiiviä. Olet nyt tuossa kohtaa, jossa räpiköit pienessä aallonpohjassa keskellä isoa lahtea. Oikeasti olet jo melko lähellä rantaa. Kun pääset sinne, matkasta tulee hieno etappi elämäntarinassasi. Kun yhdistämme tämän vierellä olevaan aikajanaan, kokonaiskäyräsi näyttää oikeaan suuntaan. Tässä kartassa näkyy kaikenlaista pientä murkulaa ja jalkaväkimiinaa, mutta kokonaisuus näyttää oikein hyvältä. Olet menossa oikeaan suuntaan.
Minä: "En usko sanakaan."
Smokey: "En minäkään, mutta näin se menee tällä kertaa."
Minä: "Hienoa! Mikä neuvon annat minulle?"
Smokey: "Hoidat tehtävän alta pois ilmekään värähtämättä. Melot niin kovaa rantaan kohti kuin pystyt. Saatat kaiken jälkeen nauttia jopa pienimuotoista kulttiasemaa. Kulttuurin osalta oman osuutesi olet pian tehnyt, ja voit sitten jättää hommat amatööreille."
Minä: "Entäs sitten ne 11:sta kadun lapset?"
Smokey: "Se on sinun tehtävä selvittää ja mieluiten tänään. Meillä on vielä yksi juttu, joka pitää hoitaa. Laitamme hieman vauhtia sinuun. Tiedät, että tämä kaikki on sinua varten. Nouse seisomaan terassin seinää vasten ja jännitä vatsalihaksiasi."
Minä: "Ok."

Smokey laskee kauluspaidan hihat alas ja laittaa napit kiinni. Hän ottaa nyrkkeilysäkin ketjussa roikkuvan lentäjäntakin, pukee sen päällensä, nostaa nyrkkeilyhanskat ilmastointiputken päältä ja solmii ne käsiinsä. Lentäjäntakissa roikkuu useita ansiomerkkejä, ja se on hieman kireä hartioista. Hanskat ovat sopivan kokoiset. Smokey nostaa kädet koukkuun hartioidensa korkeudelle. Jänteviä koukkuja alkaa sataa sarjatulella. Mitalit helisevät ja voimakkaita iskuja sataa keskivartaloon parikymmentä.

Smokey: "Pidä huoli siitä, ettei sinun tarvitse enää koskaan tulla tänne vinkumaan."

Smokey pyyhkii hikeä otsaltaan nyrkkeilyhanskan kulmaan.

Minä: "Olen sinulle ikuisesti kiitollinen. Olet New Yorkin suoraselkäisin mies. Minun pitää rientää levyraatiin."

Hissin ovi aukeaa. Loistava palaveri. Daytona Spyder odottaa alhaalla.

RECORD PANEL

Spyder lipuu Long Islandilla syrjäiselle pihatielle, joka päättyy puiseen porttiin. Valopatsas osoittaa piharakennukseen. Minä, Tom C, Willy Q ja Rogie Feast nousemme autosta. Käännän metallista kahvaa ja avaan portin varovasti. Täysikuu ulvoo. Astumme portista sisään. Nuotiossa tammihalot roihuavat ja jättimäiset korppikotkat naureskelevat vaahteran oksalla. Tämä vaikuttaa syvemmältä kuin San Diegon meri.

Nuotion vieressä seisoo Nick Story Forrest, joka heiluttaa rautalapiota hysteerisesti. Hänen vieressään on iso kuoppa ja valtava multakasa. Piharakennuksen savupiipusta tupruaa savua ja kuoppa syvenee nopeasti. Aavistan pahinta. Raymond seisoo tammipuun vieressä ja heiluttelee komboloita. Viisi nuorta on köytetty vaahteran ympärille.

Rogie ryntää kohti nuoria. Miders syöksyy perään ja työntää Rogien maahan. Painiottelu alkaa. Miehet riuhtovat kaikin voimin ja kumpikin on vuorovedoin selällään. Miders saa Feastin hallintaotteeseen.

Minä: "Miders, tilanne hallinnassa?"

Feast rimpuilee maassa ja karjuu. Katson Midersia, joka nyökkää.

Minä: "Raymond. Hengitä syvään. He eivät ole juurikaan tehneet mitään. Osuneet koulun vahtimestaria lasipullolla vahingossa otsaan ja pakoilleet viikon."
Raymond: "Aivan. Ei kovinkaan jättimäisiä virheitä, mutta kaupunki ajautui kaaokseen heidän vuokseen."
Minä: "Syyt olivat syvemmällä. Kaaos oli vain oire. Saanko toimia neuvottelijana?"
Raymond: "Ole hyvä sitten."

Minä: "Kuka teistä on ryhmän nokkamies?"
Nuori mies: "Minä. Nimeni on Smooth."

Nuori mies on pukeutunut valkoiseen nahkatakkiin, Yankees-lippalakkiin, punaisiin samettihousuihin ja mustiin kiiltäviin kenkiin. Poninhäntä roikkuu lippalakin tarran päältä.

Minä: "En yhtään ihmettele, että tunnelma kaupungissa on kiristynyt. Ehdotan, pyydätte anteeksi Rogielta, ja istumme rauhassa kaikki nuotiolle levyraadin ääreen. Jokaisella on puheenvuoro valitsemansa kappaleen kohdalla. Nuoriso saa luvan hakata halkoja vastineeksi hölmöilystään koulun pihalla. Smooth? Raymond? Rogie? Tämä ok?"

"Tämä ok", kaikki vastaavat yhteen ääneen. Raymond vapauttaa vangit ja nuoret alkavat halkotöihin. Smooth istuu nuotion vierelle.

Raymond: "Minä ja Pikkolo katsomme, että halkotyöt onnistuvat. Soittakaa te musiikkia."
Smooth: "Olen pahoillani, Rogie. Pullon ei pitänyt osua sinua. Tähtäsin roskalaatikkoon."
Rogie Feast: "Ok, menköön."
Minä: "Aloitamme levyraadin. Haluan mahdollisimman nopeasti pois. Valitsemassani kappaleessa lauletaan seuraavaa: I've just been down in New York town. It really feels like hell. Flash and the Pan: *Hey St. Peter.*
Tom C: "Arvoisat musiikinrakastajat. Malttakaa pieni hetki ennen seuraavaa kappaletta. Nyt kun kerrankin olemme samaan aikaan paikalla, käytän tilaisuuden hyväkseni ja sanon muutaman sanan. Haluaisin oikeastaan puhua… "
Rogie Feast: "Paljonko maksoit tuosta tohtorinhatusta?"

Feast nousee pystyyn ja horjahtaa kuoppaan. Tom C heittää puukengät ja olkihatun perään.

Tom C: "Pyydän hiljaisuutta! Jonninjoutavat vitsinne voitte kertoa ompeluseurassa. Noniin, olin sanomassa muutaman sanan oikeasti tärkeistä asioista. Tilaisuuden luonteen huomioiden haluan aluksi mainita, että musiikinrakastajat ovat erityislaatuinen ihmistyyppinsä ja ovat ymmärtäneet jotain oleellista elämästä, eli eivät yhtään mitään. Kulmistaan pyöristetyn radiosoittoon räätälöidyn musiikin kuuntelijat ovat, jos eivät täysin, niin ainakin osittain vailla sielua. Toinen asia, jota ei voi liikaa korostaa, on joukko ystäviä ympärilläni. Viimeinen asia on se, että kaikki liittyy kaikkeen eikä mihinkään. Kokonaisuus muodostuu yksityiskohdista ja paholainen asuu yksityiskohdissa. Tämän vuoksi on tärkeää mainita, että vietämme iltaa Joey Ramonen synnyinseuduilla. Olemme osa historiaa ja samalla yhteydessä tapahtumiin, jotka saattavat vielä tämän illan aikana muuttua avoimeksi sotatilanteeksi. Palatakseni Joeyn nuoruusvuosiin, eräs kappale Ramonesin varhaisesta tuotannosta kertoo hänen kasvuympäristöstään. Siitä, kuinka hemmottelut lapset ansaitsevat pienen kurinpalautuksen. Väkivallan uhka on piinaava. Köysi kiristyy kaiken aikaa. Ihmiset ovat varuillaan ja pienikin virheliike saattaa käynnistää tapahtumaketjun, josta ei ole paluuta. Osoittaakseni kunnioitusta tälle ikimuistoiselle illalle ja tälle poikkeukselliselle ympäristölle, olkaa hyvät. Ramones: *Beat on the Brat!*"

"Boring!" kuuluu kuopasta ja Feast ryömii ylös.

Rogie Feast: "Bändi perustettiin MC5:den ja Stoogesin raunioille. Kappaleessa on samaa Detroit-energiaa, minkä voi kuulla myös kokoonpanon edeltäjissä. Sointukulku on katkeransuloinen ja aggressiivinen. Kappaleen melodia herättää sisälläni tunteen siitä, että on pakko elää, liikkua, tehdä ja tuntea. Aivan varmaa on, että rakentamani valtakunta lopulta hajoaa maan tomuun eikä sivullisuhreilta vältytä. Kaupunki on liian iso, maailma on liian iso ja musiikkisodat liian isoja hallittavaksi. En voi muuta kuin sukeltaa, joten teen sen tyylillä ja pidän helvetillistä meteliä mennessäni. Kappaleeseen ei ole olemassa sanoja, se on laulettu hieman eri tavalla joka kerta. Sanoilla ei ole lopputuloksen kannalta tässä teoksessa ole lopullista määrittävää merkitystä. Kun sävelkulku ja pauke lähenee kohti loppuaan, tiedät sen sisälläsi. Et halua sen loppuvan, vaikka sen väistämättömyys on sinulle aivan selvää. Sonic's Rendezvous Band: *City Slang.*"

Nick Story Forrest: "Kerron teille tarinan. Miehiä ajautuu Long Islandille nuotiopiiriin syyskuun ensimmäinen päivä. Paikalle ovat kokoontuneet rikollisjohtaja, poliisi, cowboy, alkoholisoitunut lakimies, elämäntapamuusikko, tutkija ja 11:sta kadun lapset. Osalle on kaivettu kuoppa valmiiksi. Valtava ukkosmyrsky saapuu yllättäen pihapiiriin. Salamat lyövät, puut kaatuvat ja alkaa sekasortoinen taistelu elämästä ja kuolemasta. Lapio heilahtaa ja montun pohjalle päätyvät cowboy, Tom C, Mike Miders ja Willy Quitar. Nuotio sammuu ja selvinneet jatkavat New York kaduille. Billy Joel: *Piano Man.*"

Smooth: "Muuten hyvä Nick Story Forrest, mutta suunnitelmiin tuli muutos. Vaikka ihmisarvo on jakamaton, sinä olet viinahoureissasi käännyttänyt ihmisiä Mars Barin edestä keikaltamme ilman mitään syytä. Hanoi Rocks: *11th Street Kids.*"

Nick Story Forrest seisoo kuopan edessä ja levittää kätensä sivuille. Vettä alkaa sataa taivaalta. Sade voimistuu nopeasti ja tuuli yltyy myrskyisäksi. Smooth nousee ylös ja ottaa rautalapion käteensä. Vesi valuu valtoimenaan hänen kasvoiltaan ja nahkatakki liimautuu kiinni. Itkuiset kasvot valaistuvat salaman valossa. Smoothin lippalakki roikkuu litimärässä poninhännässä. Salamat lyövät taivaalla. Kasvoilla on epätoivoinen ilme.

Nick Story Forrest: "Tee se."

Smooth huutaa ja heilauttaa lapion kohti Nick Story Forrestia. Rogie ryntää väliin ja saa ilmassa otteen rautalapiosta. Feast karjuu ja lyö lapion maahan pystyyn. Salama iskee lapioon ja pihapiirin valtaa miljardin voltin jännite. Kaikki lentävät selälleen maahan ja jähmettyvät. Koko piha on valtavan sinisen sähköiskumeren alla.

Joka puolella salamoi hallitsemattomasti ja valtava pauke rusentaa tärykalvoja. New Yorkin taivaalle ukkospilven keskelle ilmestyy Lemmyn kasvot: "Pellet. Lapioikaa kuoppa täyteen ja painukaa töihin!"

Salama vetäytyy takaisin. Tulee hiirenhiljaista. Feast lentää selälleen ja ote irtoaa lapiosta. Raymond, Smooth, Nick Story Forrest, Feast, Pikkolo ja Tom C lapioivat käsillään kuopan täyteen multaa. Kaikki katsovat toisiaan ja juoksevat aitojen yli eri suuntiin. Manhattanin päällä aurinko nousee.

Juoksemme Midersin kanssa portista ulos Daytona Spyderin viereen. Miders astuu kuljettajan paikalle. Konepellillä on auki musta salkku, joka on täynnä dollareita. Ikkunalaudalla on lentolehtinen. Astun autoon sisään ja luen sen ääneen.

Minä: "11:sta kadun lapset löytyivät. Cowboy palautti rauhan kaupunkiin."
Miders: "Kävin hakemassa salkkusi Nikitalta. Yksi kappale jäi soittamatta: *In the Air Tonight*."

Mike painaa kasettisoittimen päälle ja Daytonan renkaat painautuvat tien pintaan Lakeland Avenuella. Auto kiihtyy ja setelit lentävät pitkin tuulilasia. Satakuusikymmentäkaksi mailia tunnissa. Rumpusoolo alkaa ja Manhattanilla nousee aurinko. Katson takapeilistä, kun miljoona dollaria sataa Long Islandin taivaalta ja salkku iskeytyy maahan.

Miders: "Minne suuntaamme?"
Minä: "Lentokentälle. Yksi yö täällä riitti."
Miders: "Myös minä jätän kaupungin."

NEW YORK SUN

Kello on seitsemän eräänä vuoden 2020 aamuna. Painan play-nap-pulaa ja kesäinen musiikki alkaa soida bluetooth-kaiuttimista. Istun hotellin parvekkeella pehmeässä korituolissa. Aurinko suihkuaa New Yorkin helteisiä säteitä kasvoilleni. Älypuhelin värisee aamupalakärryssä vierelläni. Miders astelee hotellihuoneesta parvekkeelle.

Miders: "Luin päivän lehden. Se lupaa aurinkoa, joka ei laske koskaan. Hain sen kunniaksi uudet verryttelyasut alakerran hienostoliikkeestä. Tämän vuoden mallisto on saapunut. Ole hyvä. Lähdemme lenkille keskustaan ja esittelemme likoille muskeleita."
Minä: "Loistavaa! Tervehenkisintä mitä olen pitkään aikaan kuullut."

Juoksemme rappuset alas hotellista. Lasken portaat. Yksi, kaksi, kolme… Kaksituhatta neljäkymmentä kolme. Aivoni toimivat kuin partaveitsi. Laskeudumme alas vastaanottoon, jossa virkailija hymyilee.

Miders: "Tervehdys, neiti. Olemme palkintomatkalla. Viime kerrasta on parikymmentä vuotta. Annatko meille kasan informaatiota kaupungista. Haluamme nähdä jykevimmät nähtävyydet, hienoimmat ravintolat, kirkkaimmat piknik-puistot, komeimmat urheilusuoritukset sekä kauneimmat naiset."
Kassaneiti: "Ilman muuta, hieno juttu! Nyt on oikea ääni kellossa herroilla! Tässä nippu brosyyreita mukaan. Nauttikaa lenkistä!"

Astumme aurinkoiselle Broadwaylle. Otamme ensimmäisiä juoksuaskelia. Suurin osa vastaantulijoista hymyilee, ja useimmat yrittävät ottaa hihasta kiinni. Jotkut yrittävät sanoa jotakin, mutta jatkamme eteenpäin. Pysähdymme palopostin eteen. Se puskee taivaalle vesisuihkun, joka ropisee lämpimänä sateena helteiselle

Manhattanille. Ihmisiä kerääntyy ympärillemme. Älypuhelimien kamerat laulavat ja ihmiset haluavat kanssamme yhteiskuviin. Nuori nainen kävelee eteeni, avaa kauluspaitansa ja ojentaa minulle mustekynän. Kirjoitan nimikirjoituksen. Kirkuvia ihmisiä juoksee horisontista yhä enemmän ja ihmiset repivät minua verryttelytakin hihasta. Pakkaudumme yhä tiiviimpään suosion puristukseen. Tästä vaikuttaa tulevan erittäin kuuma päivä. Otan selfien ja julkaisen sen sosiaaliseen mediaan.

Miders: "Cowboy. Ihmismassat ympäröivät meidät Broadwaylla. Olitko varautunut suosioon?"
Minä: "Ilman muuta."
Miders: "Mitä teemme? Juoksemmeko pakoon vai jäämmekö tähän?"
Minä: "Minä jään tähän."